Elogios para Barbara Delinsky

"A merecida popularidade de Barbara Delinsky reside em sua habilidade para criar personagens reais, críveis e atraentes que dispensam nomes pomposos e marcas famosas para atrair a atenção dos leitores."

—*Publishers Weekly*

"Barbara Delinsky conhece o coração humano e sua imensa capacidade de amar e acreditar."

—*Washington Observer-Reporter*

"Delinsky sabe como apresentar seus personagens para os leitores de um jeito que os faz parecer mais velhos amigos do que obras de ficção."

—*Flint Journal*

Barbara Delinsky

O último refúgio

BARBARA DELINSKY

O último refúgio

**Tradução de
Debora Isidoro**

Harlequin®

Rio de Janeiro
2011

CIP-BRASIL. CATALOGAÇÃO-NA-FONTE
SINDICATO NACIONAL DOS EDITORES DE LIVROS, RJ

Barbara Delinsky, 1945-
D395u O último refúgio / Barbara Delinsky; Tradução Débora
Isidoro. – Rio de Janeiro: HR, 2011.

Tradução de: Twelve across
ISBN 978-85-398-0096-4

1. Romance americano. I. Isidoro, Débora.
II. Título.

11-2769
                    CDD: 813
                    CDU: 821.111(73)-3

Título original norte-americano:
TWELVE ACROSS
Copyright © 1987 by Barbara Delinsky

Copyright da tradução © 2011 by EDITORA HR LTDA

Todos os direitos reservados. Proibida a reprodução,
no todo ou em parte, sem autorização prévia por escrito da editora,
sejam quais forem os meios empregados, com exceção das resenhas literárias,
que podem reproduzir algumas passagens do livro, desde que citada a fonte.

Todos os personagens neste livro são fictícios.
Qualquer semelhança com pessoas vivas ou mortas é mera coincidência.

Direitos exclusivos de publicação em língua portuguesa cedidos pela
HARLEQUIN ENTERPRISES II B.V./S.À.R.L. para EDITORA HR LTDA.
Rua Argentina, 171 — Rio de Janeiro, RJ — 20921-380 — Tel.: 2585-2000

Impresso no Brasil

978-85-398-0096-4

Capítulo 1

Leah Gates fez uma última dobra na fina folha de papel azul e estudou com desânimo sua criação.

— Isto não ficou parecido com um cuco — ela sussurrou para a mulher sentada a seu lado. Victoria Lesser, que estivera dobrando diligentemente a folha, a fim de formar um pelicano, desviou a atenção para o trabalho da amiga.

— Acho que está bem parecido — ela respondeu num cochicho. — É um cuco.

— E eu sou uma marmota. — Leah ergueu os pesados óculos redondos do nariz na esperança de aprimorar a imagem com sua visão míope. A tentativa foi inútil. Ela deixou os óculos caírem de volta no lugar.

— É um cuco — Victoria insistiu.

— Você está ficando vesga com o esforço de enxergar o que não existe.

— Eu acho que parece um cuco.

— Parece um amontoado de papel dobrado em forma de pontas. Erguendo o frágil origami, Victoria o virou de um lado para o outro. Tinha de concordar com a avaliação de Leah, apesar de ser sensata demais para manifestar sua opinião em voz alta.

— Tem certeza de que fez as dobras corretas na base da montagem?

— Acho que sim. Tive a impressão de que estava fazendo tudo certo.

— E as dobras do livro e da montanha?

— Também. Segui as instruções.

— Então, o problema deve estar na dobra que compõe a orelha do coelho.

— Acho que o problema está em mim.

— Ah, não...

— Ou em você — Leah continuou cochichando. — Foi sua a ideia de fazermos um curso de origami. Como é que ainda me deixo convencer a seguir suas sugestões?

— É muito fácil. Você adora essas coisas tanto quanto eu. Além do mais, ganha a vida criando e solucionando enigmas, palavras cruzadas. Um origami nada mais é do que um quebra-cabeça de papel. E você foi muito bem até agora. Hoje deve ser um dia difícil, só isso.

— Difícil? Quanta delicadeza!

— Senhoras? — A voz soou na frente da sala. Leah e Victoria olharam para a instrutora e notaram a expressão de censura e desaprovação com que ela as observava por cima das cabeças de outras alunas. — Creio que estamos prontas para começar a base do sapo. Alguma pergunta sobre o pássaro ou qualquer etapa de sua montagem?

Leah balançou a cabeça rapidamente, depois mordeu o lábio para conter um gemido de desespero. Base do sapo?

Victoria continuava ali sentada, calma e sorridente. Porém, ao final da aula, seu sorriso não tinha mais a mesma luminosidade. Segurando o braço de Leah, ela a conduziu para a porta.

— Venha, estamos precisando de um café — disse.

Minutos depois, sentadas em uma aconchegante cafeteria na Terceira Avenida, Victoria abordou o assunto sem rodeios.

— Alguma coisa a incomoda. Comece a falar.

Leah tirou os óculos e os deixou sobre a mesa. As lentes haviam embaçado no instante em que ela trocara o ar frio da rua pelo ambiente quente do café, e anos de experiência já haviam comprovado que seria inútil mantê-los diante dos olhos nos próximos minutos. Além do mais, o enorme pulôver fúcsia de Victoria era tão brilhante que até os mais fracos dos olhos poderiam vê-lo sem ajuda alguma. Acima do suéter, sua expressão era gentil e paciente. Foi para esse rosto que Leah lançou seu olhar desentendido.

— Já sei. A base do sapo também ficou horrível, não é?

— Você não estava concentrada na atividade. Notei que esteve distraída o tempo todo, desde o início da aula. Em que estava pensando, se não for muito atrevimento perguntar?

Leah teve de rir da pergunta. Conhecia Victoria Lesser havia um ano, e a mulher já tinha sido mais atrevida em várias ocasiões. Mas Leah nunca se incomodara com isso. O que podia ser considerado indelicado ou grosseiro partindo de outras pessoas nela era só mais uma demonstração de atenção e carinho. Victoria era generosa, prática e sensata, e mantinha uma visão tão positiva do mundo que passar algum tempo com ela era sempre animador.

— Vamos ver se você consegue adivinhar — Leah propôs com um sorriso pálido.

— Bem, sei que não está pensando em casamento, porque o seu acabou há mais de dois anos. Sei que não é um homem, porque, apesar de meu esforço, e ele tem sido considerável, você se recusa a namorar ou sair com quem quer que seja. E duvido que seja o trabalho, porque as palavras cruzadas continuam conquistando milhares de adeptos todos os dias, e na semana passada você me contou que assinou a renovação do contrato. Sendo assim, resta apenas seu apartamento. — Victoria sabia o quanto Leah adorava o apartamento onde morava desde que se divorciara. — O proprietário quer aumentar o aluguel?

— Pior.

— Não... Ele está pensando em vender!

— Ele já decidiu que vai vender o apartamento.

— Oh, não! E o preço é muito alto?

— Muito mesmo!

— Quando vai ter de deixar o imóvel?

— Em breve. Depressa demais, se quer saber minha opinião. — Leah tocou os óculos e, como se lembrasse para que serviam, recolocou-os sobre o nariz. — É claro que posso procurar outro lugar para morar, mas duvido que encontre algo tão encantador. Os edifícios da orla são muito procurados e quase todos já foram reformados. Mesmo que haja alguma coisa vaga para alugar, duvido que eu possa pagar o valor pedido.

— Que maravilha! Devemos nossa gratidão a Nova York, não acha?

— É verdade. — Tentando aquecer os dedos gelados, Leah segurou a xícara de café com as duas mãos. — Os preços dispararam nesses dois anos desde que aluguei o apartamento. Só consegui um valor razoável porque me prontifiquei a fazer a reforma necessária sozinha. O lugar estava muito abandonado quando o vi pela primeira vez, mas a imagem era... inefável.

— Inefável?

— Indescritível. Não é justo, Victoria. Passei semanas lixando paredes e tetos, refazendo gesso, pintando, e agora outra pessoa vai colher os frutos do meu trabalho? — Ela deixou escapar um gemido de frustração. — Sempre tive a sensação de que isso ia acontecer, mas nem por isso consigo me conformar com mais facilidade.

Victoria compreendia a mulher que se tornara uma amiga tão especial. As duas tinham se conhecido no ano anterior na biblioteca pública e se deram bem desde o início. Victoria apreciava a rapidez de raciocínio e as maneiras agradáveis de Leah. Aos 33 anos, Leah era duas décadas mais jovem que ela, mas, ainda assim, compartilhavam um forte interesse pelo novo, pelo diferente. Iam juntas ao teatro, experimentavam os pratos de novos restaurantes, frequentavam cursos e aulas variadas, não só de origami, mas de *papier mâché*, conversação em russo e balé.

Victoria havia aprendido a conhecer Leah. Sabia que ela sofrera muito com um casamento infeliz e que, por trás da aventureira urbana, havia uma criatura basicamente tímida.

Ela também sabia que Leah construíra uma espécie de concha muito bem organizada e estruturada dentro da qual se escondia, e que nessa concha havia um mundo de solidão e vulnerabilidade. Perder o apartamento que ela tanto apreciava alimentaria essa vulnerabilidade.

— Leah, espero que saiba que seria um prazer emprestar o valor correspondente à entrada para o financiamento do imóvel e...

Leah ergueu uma das mãos, interrompendo o discurso.

— Não posso aceitar seu dinheiro.

— Por que não? Não vai me fazer falta. Tenho mais do que preciso e...

— Não é assim que penso, Victoria. Não me sentiria confortável com essa situação. Não é só uma questão de princípios, mas um problema prático: o valor é alto demais para o meu padrão de vida. Se tivesse de pagar as prestações do empréstimo mais as parcelas do financiamento no banco... seria o fim. A falência. Só preciso de mais alguns anos... Nesse período posso economizar a quantia necessária para dar a entrada. — Já poderia ter essa quantia, se vivesse de maneira mais simples e frugal, mas Leah gostava de conforto. Sentia prazer de vestir um suéter tricotado à mão, calçar um par de botas importadas ou enfeitar a sala com uma tela original. E sempre se convencia de que merecia esses pequenos mimos. Mas um banco não aceitaria seus preciosos objetos pessoais como garantia. — Infelizmente, não tenho mais alguns anos. Não se quiser continuar nesse apartamento.

— Você não precisa me pagar agora. Nem no futuro próximo.

— Isso é mau negócio, Victoria.

— E daí? O dinheiro é meu. Eu decido se...

— Estamos falando de algo mais importante que dinheiro aqui. Amizade. Não me sentiria bem tirando proveito dessa relação.

— Tirando proveito? Eu fiz a oferta. Ninguém está tirando proveito de nada!

Mas Leah balançava a cabeça negativamente.

— Obrigada, Victoria, mas não posso aceitar.

Victoria abriu a boca para argumentar, mas se calou. Quase havia sugerido que a amiga pedisse ajuda a Richard. Levando em conta que Leah fora casada com ele no passado e não tinha nenhum parente próximo, essa era a única opção disponível. Richard tinha dinheiro. Infelizmente, ele também tinha outra esposa e um filho. Victoria sabia que o orgulho de Leah não a deixaria buscar o auxílio do ex-marido. Não nessas circunstâncias. Nem em outras.

— O que vai fazer? — ela perguntou.

— Procurar outro lugar para morar, é claro. Se tiver de me contentar com algo menos excitante, que seja.

— Tem certeza de que quer ficar na cidade? Tenho a impressão de que poderia encontrar um lugar excelente, se aceitasse uma localização mais afastada.

Leah considerou a ideia.

— Mas eu gosto da cidade.

— Está acostumada com ela. Passou toda a vida aqui. Talvez seja hora de mudar.

— Não sei...

— Seria bom para você, querida. Novo cenário, novas pessoas, novas lojas, novos cursos...

— Está tentando se livrar de mim?

— E perder minha companheira de aventuras? É claro que não! Mas eu seria egoísta se não a incentivasse a abrir um pouco mais suas asas. Sei que parte de você ama novas experiências. Outra parte as evita, é verdade. Mas você é jovem, Leah. Tem muita vida pela frente.

— E que lugar pode ser melhor do que aqui para alguém nessas condições? Quero dizer, se Nova York não é multiforme...

— Leah, pelo amor de Deus!

— Diversificada, cheia de oportunidades... Melhor agora? Se Nova York não tem essas características, que lugar pode tê-las?

— Qualquer um. Pode ser outro tipo de experiência... — As engrenagens na cabeça de Victoria começavam a girar. — Escute, há outra possibilidade inteiramente distinta. Se você quer mesmo mudar, se está disposta a promover uma verdadeira modificação em sua vida... — Ela balançou a cabeça. — Não. Acho que não.

— O que é?

— Seria demais. Esqueça que mencionei essa possibilidade.

— Você ainda nem disse nada! — Leah apontou com seu jeito prático. Estava curiosa e sabia que era essa a intenção da amiga. — Em que está pensando?

Victoria fez uma breve pausa antes de responder, e a demora não foi só para obter mais efeito. Odiava ser maquiavélica com alguém tão doce e querida como Leah, mas... mas...

Bem, podia dar certo. Um certo tom maquiavélico já havia aproximado e unido dois outros queridos amigos, não?

— Eu tenho uma casa. É afastada daqui...

— A ilha em Maine?

— Não. Quero dizer, também tenho a ilha, mas não era nisso que estava pensando. — A ilha seria totalmente isolada. Não queria que Leah ficasse sozinha; o isolamento total frustraria seu objetivo. — Tenho um chalé em New Hampshire. Arthur comprou o imóvel há anos para usar como chalé de caça. Estive lá várias vezes depois que ele morreu, mas o lugar é quieto demais para mim. — Ela balançou a cabeça. — Esqueça. É quieto demais para você também. Está acostumada com a cidade.

— Fale mais sobre esse chalé.

— Você gosta da cidade.

— Por favor, Victoria, fale mais.

Mais uma vez, Victoria fez uma pausa prolongada. Dessa vez tinha o objetivo nítido de causar efeito.

— O chalé fica no meio de um bosque e é pequeno — disse com cautela.

— Vá em frente.

— Talvez você não tenha percebido, mas estamos falando de um retiro nas montanhas.

— Sim, eu sei.

— São dois cômodos, uma área social e um quarto. A cidade mais próxima fica a cinco quilômetros de distância da casa. Você iria odiar, Leah.

Mas Leah não tinha tanta certeza disso. Sentia-se intimidada pela ideia de ir morar em um bairro do subúrbio, um lugar mais rústico... Era um pensamento novo, e de repente sentia que valia a pena considerar essa possibilidade.

— Não sei se poderia comprar o chalé.

— Não está à venda — Victoria anunciou depressa. — Mas poderia pegá-lo emprestado e...

— Alugar. Teria de ser assim. Aluguel.

— Tudo bem, que seja. Eu poderia alugar o chalé para você por algum tempo. Um período breve no qual você decidiria se quer mesmo viver fora de Nova York. Pode considerar tudo isso uma experiência...

— Há vizinhos, pessoas morando por perto?

— Na cidade, sim. Não muitas. E são pessoas pacatas, retraídas.

Tanto melhor, Leah pensou. Não queria mesmo lidar com multidões de desconhecidos.

— Que bom! Eu não teria nenhum problema para desenvolver meu trabalho em um chalé na montanha. E se tiver livros e um gravador...

— Há uma comunidade de artistas perto do chalé, uns vinte quilômetros afastada da montanha. Certa vez você comentou que gostaria de aprender a tecer. Essa seria a oportunidade perfeita. — Victoria considerou a possibilidade de mencionar Garrick, mas achou melhor não correr riscos desnecessários. Não falaria nele por enquanto. Leah estava sorrindo. Era evidente que aprovava o que ouvira até então. Aparentemente, a psicologia reversa era o melhor caminho para convencê-la. — Não é Nova York — ela repetiu.

— Eu sei.

— Seria uma mudança total.

— Também sei disso.

— Há poucos minutos você estava dizendo que não queria deixar a cidade.

— Mas meu apartamento vai deixar de ser meu, o que significa que a mudança é inevitável.

— Mesmo assim, você pode procurar outro apartamento em Nova York.

— Sim, posso.

— Ou se mudar para um bairro no subúrbio.

— Leah balançou a cabeça com firmeza, e o movimento realçou o brilho de seus cabelos longos e negros.

— É melhor pensar mais antes de tomar uma decisão, Leah. Seria um passo bem drástico.

— Sim, mas não irrevogável. Se depois de uma semana eu me descobrir subindo pelas paredes, posso simplesmente pegar minhas coisas e voltar. Não estarei pior do que estou agora, certo? — Não queria ouvir a resposta de Victoria. Desde que recebera a notícia sobre a venda do apartamento, era a primeira vez que se sentia entusiasmada. Não queria desanimar. — Fale mais sobre o chalé propriamente dito. É rústico?

Victoria riu.

— Se você tivesse conhecido Arthur, eu nem teria de responder a essa pergunta. Arthur Lesser nunca fez nada rústico. Pensando bem, não sei por que pergunta. Você me conhece. Não sou o tipo de mulher que aprecia o rústico e selvagem, sou?

Leah havia estado várias vezes no apartamento de Victoria em Park Avenue. O imóvel era espaçoso, suntuoso até. E cheio de estilo. Também tivera oportunidade de conhecer sua casa de verão em Hamptons. Mas Manhattan e Long Island não eram locais isolados como as montanhas de New Hampshire e, apesar de toda a sua riqueza, Victoria nunca fora esnobe. Ela era apenas um caso clássico de não conformismo; jamais aceitaria viver com o básico, o essencial.

Leah, que nunca gozara do tipo de riqueza capaz de inspirar o total não conformismo, gostava de entrar nas situações com os olhos bem abertos.

— O imóvel é bem equipado?

— Na última vez em que estive lá ele era bem mobiliado e equipado. — Victoria falava com um tom de inocência que ocultava uma infinidade de pecados. — Não tome decisão alguma agora, minha querida. Pense um pouco em tudo que conversamos aqui. Se decidir ir para o chalé, vai ter de providenciar um depósito para guardar seus móveis. Não sei o que pensa sobre isso.

— Não é nenhuma grande dificuldade.

— Mas é um tremendo aborrecimento.

— Ser posta para fora do apartamento que reformei sozinha é um tremendo aborrecimento. Que diferença faz se tenho de guardar minhas coisas em um depósito? Além do mais, se eu não gostar de New Hampshire, não vou precisar me preocupar com a mobília enquanto procuro outro lugar para morar.

— Pode ocupar o quarto verde, se quiser.

Leah riu. Jamais aceitaria um empréstimo como o que Victoria havia sugerido no início da conversa, mas usar o belo quarto de hóspedes no apartamento da amiga, onde já havia dormido em uma ou duas ocasiões, era uma segurança que não podia recusar.

— Estava mesmo esperando que você dissesse isso.

— Então, não esqueça minha oferta. Jamais me perdoaria se, depois de convencê-la a ir para New Hampshire, você detestasse a montanha e não tivesse para onde ir. — Na verdade, seu maior temor era que Leah nunca a perdoasse. Mas tinha de correr o risco. Seguira seus instintos com relação a Deirdre e Neil Hersey, e o resultado não poderia ter sido melhor. Agora ali estava Leah, alta e esguia, adorável com seu cabelo liso e sua franja exuberante, com seus óculos de armação vermelha e lentes grossas. Se Leah pudesse conhecer Garrick...

— Aceito a oferta — ela decidiu.

— Refere-se ao quarto verde? Ah, eu não esperava que recusasse, porque...

— Não estou falando sobre o quarto. Aceito a oferta do chalé. — Leah não era uma pessoa impulsiva, mas sabia tomar decisões. Quando algo despertava seu interesse, ela não hesitava. O retiro na montanha era uma solução perfeita para o problema que a atormentava havia 72 horas. Teria tempo para pensar em tudo e decidir que direção seguir. — Só preciso saber quanto quer pelo aluguel.

Victoria fez um gesto gracioso com a mão, como se a questão não merecesse sua atenção.

— Não vamos pensar nisso agora. Podemos discutir valores mais tarde.

— Faço questão de pagar o aluguel, Victoria. Caso contrário, não irei a chalé algum.

— Já concordei com o aluguel, meu bem. Só não tenho ideia do valor a ser cobrado. Por que não vê como estão as coisas antes de discutirmos esse detalhe? Vá até lá, inspecione o lugar, verifique em que estado estão os móveis e os utensílios, e então decida que valor considera adequado.

— Prefiro pagar o aluguel adiantado.

— E eu prefiro esperar.

— Está sendo pertinaz.

Victoria não sabia ao certo qual era o significado da palavra "pertinaz", mas podia imaginar.

— Tudo bem. Eu sei que sou.

— Ótimo. Aceito esperar e seguir sua sugestão, mas se devolver meu cheque...

— Não vou devolver. — Estava certa de que não chegariam a esse ponto. — Tenha fé, Leah. Tenha fé.

Leah tinha fé. E ela crescia dia após dia, junto com seu entusiasmo. Às vezes se surpreendia, porque sempre se julgara uma urbana convicta. Mas alguma coisa na súbita mudança de estilo de vida a animava. E era a primeira vez que considerava essa possibilidade. Talvez fosse a idade: a terceira década era notória por trazer coragem e ousadia. Ou desespero. Não, não queria pensar nisso. Talvez estivesse apenas vivendo uma rebelião tardia contra o estilo de vida que conhecia desde o seu nascimento.

Havia anos não tirava férias, muito menos para ir visitar um lugar remoto. Lembrava-se de breves estadas em Cape Cod com os pais, na infância, quando o distanciamento consistia em isoladas dunas de areia e passeios de barco ao nascer do sol. As viagens que fizera com o marido jamais tiveram qualquer coisa de remotas. Inevitavelmente, essas viagens estavam sempre relacionadas ao trabalho, e ela nunca as julgara relaxantes. Richard estava sempre ligado, o que não a teria aborrecido tanto, não fosse a eterna implicância com sua aparência e seu comportamento nessas ocasiões, quando tinha de acompanhá-lo. Não que desse a ele motivos para reclamar. Nascera e crescera na cidade grande e sabia como fazer esses jogos sociais quando as circunstâncias exigiam. Infelizmente, os jogos de Richard incorporavam regras que ela não podia prever.

Mas Leah não pensava em Richard naquele dia de final de março, quando deixou Manhattan. Pensava apenas no instinto visceral que a levava a crer que tomara a atitude certa. E pensava também no jantar de despedida que Victoria insistira em oferecer na noite anterior.

Passaram boa parte da refeição conversando sobre amenidades. Só quando já saboreavam a sobremesa, a anfitriã perguntou:

— Então, está pronta para ir?

— Absolutamente pronta.

Victoria vivera muitos momentos de hesitação desde que sugerira o plano, três semanas antes. Na verdade, hesitava tanto que já não tinha mais certeza de nada. Era muito bonito dizer que tinha em mente apenas os interesses de Leah. Mesmo assim, ainda era manipuladora, e Leah ficaria muito zangada quando descobrisse que fora ludibriada.

— Tem certeza de que quer mesmo ir?

— Sim, tenho.

Não há aparelho de ar-condicionado no chalé.

— E por que haveria? Quem quer ar-condicionado na montanha?

— Também não temos telefone.

— Você já disse isso — Leah respondeu sorrindo. — Duas vezes. Prometo ligar da cidade quando estiver instalada.

Victoria não sabia se deveria esperar por isso ou não.

— O pessoal do depósito já retirou a mobília?

— Sim, hoje cedo. Levaram tudo.

— Tudo? Inclusive a cama? Onde vai dormir, então?

— No chão. E não, não quero ficar no quarto verde. Deixei tudo pronto em casa. Amanhã, quando acordar, só terei de pôr as coisas no carro e partir.

Uma noite inteira dormindo no chão. Victoria se sentiu mais culpada do que nunca, mas sabia reconhecer uma expressão de teimosia quando via uma.

— O carro está em boas condições?

O Golf havia sido comprado três dias antes, de um comerciante de excelente reputação.

— O carro é ótimo.

— Vai conseguir dirigi-lo?

— É claro que sim.

— Você não dirige há anos, Leah.

— É como andar de bicicleta. Ninguém esquece o que já aprendeu. Não foi isso que você mesma me disse há duas semanas? Por favor, Victoria, contenha-se. Você nunca foi de se preocupar demais.

Ela estava certa. Mesmo assim, Victoria se sentia desconfortável. Com Deirdre e Neil, tudo que havia acontecido fora um simples telefonema entre eles, e tudo se encaminhara. Com Leah, seriam três semanas de mentira, o que parecia tornar o crime muito maior.

Mas o que estava feito... estava feito. Leah estava decidida. Já havia tomado todas as providências e feito todos os arranjos. Estava de partida.

Respirando fundo, Victoria ofereceu primeiro um sorriso reconfortante, depois dois envelopes que tirou da bolsa.

— Aqui está. As instruções sobre como chegar ao chalé. Pedi à minha secretária para digitar tudo no computador e imprimir. São instruções bem detalhadas. — Paciente, ela viu Leah retirar o papel do primeiro envelope e ler todas as informações. Não foi difícil determinar o exato momento em que ela chegou às instruções finais. Em resposta à ruga que surgiu em sua testa, Victoria explicou: — Garrick Rodenhiser é um morador da região. Armador de laços. O chalé dele fica a muitos quilômetros do meu de carro, mas há uma velha trilha de lenhadores que corta o bosque e une as duas casas, encurtando a distância. Por essa trilha, é possível chegar ao bangalô de Garrick em pouco tempo. Em caso de emergência, você deve procurá-lo. É um bom homem. Certamente a ajudará no que for possível.

— Por Deus, você fala como se esperasse problemas.

— É claro que não. Mas confio em Garrick. Quando estou lá sozinha, é reconfortante saber que ele está por perto.

— Bem... — Leah dobrou o papel e o guardou no envelope. — Tenho certeza de que não vai acontecer nada de errado.

— Eu sei que não — Victoria declarou, oferecendo o segundo envelope. — Pode levar isto para mim e entregar a Garrick? Leah aceitou o envelope e estudou-o com curiosidade. Era selado e opaco, com o nome do vizinho escrito na elegante caligrafia de Victoria.

— É uma carta de amor? — ela brincou, batendo com a ponta do envelope no próprio nariz. — Não sei por que, mas não consigo imaginar você envolvida com um velho.

— Velhos armadores de laços podem ser muito interessantes.

— Há muitos deles por lá?

— Poucos.

— Eles não cheiram mal? — Victoria gargalhou.

— Você é impagável, Leah!

— Foi uma pergunta séria. E você não deu uma resposta.

— Não, eles não cheiram mal.

— Ah, bem... É bom saber disso. Estou começando a pensar que essa viagem pode ser muito educativa.

Foi assim que Leah seguiu pensando enquanto progredia lentamente pelo tráfego pesado da manhã. O carro estava carregado de roupas e outros objetos essenciais, caixas de livros, um gravador e três caixas fechadas de fitas cassete, além de miudezas variadas. Levava dúzias de planos, projetos que a manteriam ocupada e preencheriam o tempo que restasse depois da criação dos diagramas de palavras cruzadas.

Encher a mente com todas essas perspectivas era, em parte, um mecanismo de defesa, sabia disso, que só obtinha sucesso até certo ponto. Havia ainda certa tristeza por ter perdido o apartamento onde fora independente pela primeira vez na vida, por ter se despedido do homenzinho de cuja banca comprava o *Times* diariamente, por ter dado um adeus silencioso aos teatros, restaurantes e museus que não voltaria a visitar por algum tempo.

A poluição lançada pelos automóveis que a cercavam era tão familiar quanto o trânsito. Mas não reconhecia a nostalgia que a invadia enquanto ia dirigindo o Golf pelas ruas movimentadas. Aprendera a amar Nova York muito cedo, desde que atingira a idade adequada para apreciá-la como cidade. O apartamento dos pais era modesto, a julgar pelos padrões locais, mas o Central Park nunca rejeitara ninguém, nem a Quinta Avenida, o Rockefeller Center e a Washington Square. Esses sempre haviam sido territórios livres a todos os visitantes.

Lembranças. Alguns poucos amigos próximos. O tipo de anonimato que apreciava. Assim era Nova York. Mas tudo estaria ali quando voltasse. Erguendo os ombros com determinação, ela trocou o sentimentalismo pela praticidade, uma substituição que, nesse momento, significava evitar pedestres e táxis que se dirigiam alucinados para East River.

O tráfego era intenso demais para o horário, dez da manhã, e Leah era o tipo de motorista que os outros amavam ou odiavam. Na dúvida, ela reduzia a velocidade e optava pela cautela, arrancando sorrisos debochados daqueles que a ultrapassavam e buzinas irritadas dos que seguiam atrás dela. Foi um alívio deixar para trás a selva de concreto e tomar a direção norte pela estrada larga e tranquila.

O dia estava ensolarado, ameno para o mês de março, um bom presságio, ela decidiu. Embora levasse agasalhos pesados nas malas, estava feliz por vestir apenas uma calça de lã e um suéter fino de *cashmere*. Sentia-se confortável e cada vez mais relaxada à medida que progredia para o limite entre a cidade e o campo.

Quando alcançou os limites de Boston, eram 14h, e ela estava faminta. Tão ansiosa para esticar as pernas quanto para se alimentar, Leah parou em um Burger King e desceu do carro, detendo-se apenas para pegar a jaqueta antes de se dirigir à lanchonete. O sol se escondera atrás de uma cortina de nuvens que começara a se formar quando ela atravessara a fronteira de Massachusetts, e o ar se tornara muito mais frio. Sabendo que ainda teria pelo menos três horas de viagem pela frente, ansiosa para chegar ao chalé antes do anoitecer, ela engoliu um hambúrguer e um refrigerante, usou o banheiro e voltou à estrada em tempo recorde.

O céu escurecia rapidamente. A garoa leve chegou perto da fronteira de New Hampshire. E pensar que chegara a acreditar em bons presságios... Acionando repetidamente a alavanca do limpador de para-brisa, Leah ajustava o equipamento à intensidade da chuva, até que, em poucos minutos, ele deslizava pelo vidro em velocidade máxima.

Chovia torrencialmente. O tempo era escuro, sombrio, frio e úmido. Leah agradeceu à sorte por ter lido as informações de Victoria muitas vezes antes de partir, porque odiava pensar em parar no acostamento, mesmo que só por alguns minutos. Com as palavras impressas praticamente gravadas na mente, ela podia dedicar toda a atenção ao volante.

E dirigir nessas condições exigia total atenção. Mal pisava no acelerador e, mesmo assim, tinha de fazer um grande esforço para enxergar a estrada lavada pela torrente. As faixas que dividiam a pista quase não apareciam em meio ao lençol de água. Os jatos de água provocados pelos carros que passavam prejudicavam ainda mais a visibilidade. Ela respirou aliviada quando encontrou a saída indicada nas informações, mas ficou tensa novamente ao perceber a ausência de outros carros. Não teria as luzes dos faróis para guiá-la.

Mas Leah seguia em frente. Ao passar por um restaurante, pensou em parar e se abrigar até o fim da tempestade, mas decidiu que seria ainda pior dirigir por estradas desconhecidas e chegar a um chalé vazio mais tarde, quando já estaria escuro. Ao passar por um motel, ela refletiu se não seria melhor parar e passar a noite ali, mas queria mesmo era chegar a sua nova casa. Deixara para trás a vida que sempre conhecera, e por isso sentia-se perturbada. Passar a noite em um impessoal quarto de motel de beira de estrada não a ajudaria a se sentir melhor.

O que ajudaria, ela ponderou impaciente, seria o fim da chuva. E um sol pálido, mas animador, espiando por entre as nuvens. E várias horas de luz diurna.

Nada disso parecia provável. A chuva perdia intensidade, mas ainda era forte o bastante para oferecer riscos aos motoristas e, como se não bastasse, o dia dava lugar à noite. Depois de todo o esforço para se entender com o limpador de para-brisa, ao menos sabia como acender os faróis.

Foi uma alegria ler o nome da pequenina cidade mencionada por Victoria em uma placa no acostamento. Mas a alegria desapareceu num instante quando ela entrou na rua indicada no mapa, depois do posto do correio, e viu o que tinha pela frente.

Uma estrada estreita e sinuosa, um espaço que mal podia acomodar dois carros. Não havia iluminação. Não havia faixa central. Não havia sinais ou placas indicativas.

Leah se sentou ereta diante do volante. Os dedos estavam esbranquiçados e os olhos ardiam pelo esforço de delinear a paisagem molhada. Tarde demais, ela lembrou que não havia verificado o hodômetro ao passar pelo posto do correio. Três quilômetros até a próxima saída, diziam as instruções. Que distância havia percorrido? Praticamente rastejando pela colina, ela tentou identificar a rocha triangular apoiada em um galho retorcido que marcava o início da estrada do chalé de Victória.

Era só mais um quebra-cabeça, Leah pensou. Adorava quebra-cabeças.

Mas odiava esse em especial. Se passasse direto pela saída... Mas não queria passar direto por ela. Três quilômetros a vinte e quatro quilômetros por hora... oito minutos... Havia quanto tempo deixara a cidade?

Quando já estava pensando em parar e voltar ao posto do correio para marcar a quilometragem, ela viu a rocha triangular apoiada em um galho retorcido. E uma estrada. Não muito nítida.

Foi com sentimentos confusos que Leah seguiu pela via indicada, porque não só estava em uma acidentada pista de terra, como atravessava uma floresta que parecia se tornar cada vez mais densa. Os galhos das árvores batiam contra as laterais do carro. No estado de ansiedade em que se encontrava, o som sugeria hostilidade.

Ela começou a falar para si mesma em voz baixa:

— Essa é a terra de Deus, Leah. O espaço aberto, a natureza... Imagine o cenário banhado pela luz do sol. Você vai gostar.

O carro sacudia de um lado para o outro, jogando-a contra a porta e sobre a alavanca do freio de mão. Um dos pneus começou a girar em falso e ela prendeu o fôlego, quase se esquecendo de respirar novamente quando o veículo continuou subindo. As palavras que dizia para si mesma eram de ânimo e coragem.

— Só mais um pouco, Leah. Está quase chegando. Vamos, Golf, não me desaponte agora.

O progresso era lento, prejudicado ainda mais pela inclinação impossível da encosta por onde subia. O Golf continuava subindo lentamente, sacudindo, ameaçando atolar, derrapando perigosamente de um lado para o outro, recuando alguns metros, quando ela tirou o pé do acelerador temendo aumentar o risco de atolar. Lamentava não ter sido precavida a ponto de alugar um jipe, um tanque de guerra, talvez. Tudo que podia fazer era segurar o volante com força e firmeza. Isso... e enxergar a estrada.

Leah estava assustada. A escuridão a cobria como um manto, transformando a luz dos faróis em estradas para o nada. Quando eles iluminaram um lençol de água bem no seu caminho, Leah freou com força. O automóvel derrapou e parou, a súbita imobilidade compensada pelas batidas frenéticas de seu coração.

Uma voz fraca dentro dela tentava gritar: Volte! Volte! Mas ela não podia voltar. Estava encurralada pelo bosque dos dois lados da trilha.

Leah olhou para a água que cobria a estrada de terra. Sob a chuva torrencial, o fluxo ondulava como uma criatura viva. Mas era apenas uma poça, ela disse a si mesma. Victoria teria mencionado um riacho, e não havia nenhum sinal de uma ponte, nem mesmo de uma ponte levada pela enchente.

Cautelosa, ela pisou no acelerador. Metro a metro, o carro ia progredindo. Leah tentava não pensar na altura da água nas calotas. Tentava não pensar na possibilidade de a água danificar o freio ou de as rodas afundarem na lama. Tentava não pensar nos seres selvagens que a espreitavam escondidos pelo lençol da chuva. Mantinha o pé no acelerador com toda estabilidade possível, e respirou aliviada ao sentir que os pneus giravam novamente sobre terra firme.

Havia outras poças, valas e ameaçadores leitos de lodo, mas a estrada se tornou mais larga. Com o coração aos saltos, ela olhava pelo para-brisa e continuava acelerando. Devia estar muito perto do chalé. Logo poderia vê-lo. Por favor, meu Deus, permita que eu esteja perto.

E então, repentinamente, assustadoramente, a estrada parecia ter desaparecido. Leah mal teve tempo de frear. O carro alcançou o topo da colina e começou a descer pelo outro lado. Depois de um período que pareceu interminável, ele parou.

Tremendo, Leah fechou os olhos por um minuto e respirou fundo. Depois abriu os olhos e olhou para frente. O que via a impedia de respirar.

Passara três semanas imaginando um pequeno e encantador chalé. Deveria haver uma chaminé brotando de um lado do telhado; janelas coloridas flanqueariam a porta. Aninhado entre as árvores do bosque, o chalé deveria ser a imagem de um acolhedor paraíso bucólico.

Em vez disso, o que via eram apenas ruínas. Leah piscou, certa de que estava tendo uma alucinação. Diante dela, havia os restos incinerados do que poderia ter sido um chalé encantador. Agora, apenas a chaminé permanecia em pé.

— Deus... — ela gemeu, assustada com o estrondo de um trovão que pareceu sacudir o carro. — O que aconteceu?

Infelizmente, a resposta era óbvia. Acontecera um incêndio. Mas quando? E por que Victoria não havia sido notificada?

Estava muito abalada. Sua disposição era composta por partes iguais de decepção, fadiga e ansiedade. O interior do automóvel ameaçava sufocá-la, e ela teve certeza de que precisava voltar à civilização rapidamente. Nesse momento, até a cama estreita de um motel barato de beira de estrada era uma imagem atraente.

Leah pisou no acelerador. As rodas dianteiras giraram. Ela engatou a ré e repetiu a operação, mas o carro não saía do lugar. Primeira... acelerador... ré... acelerador... Ela repetiu o ciclo uma dúzia de vezes, mas era inútil. Não só não voltaria à civilização esta noite, como não iria a lugar algum. Não no Golf.

Apoiando a cabeça no volante, ela respirou fundo várias vezes. Leah Gates nunca entrava em pânico. Não o fizera na morte dos pais. Não entrara em pânico quando os bebês morreram. Não entrara em pânico quando o marido a declarara inadequada para ser sua esposa e a deixara.

O que fizera nessas situações fora chorar até esgotar a dor, depois se recuperar e reestruturar seus planos. Em essência, era isso que tinha de fazer agora. Não tinha tempo para chorar, mas uma reestruturação de planos era absolutamente necessária.

Não podia passar a noite no carro. Não podia voltar à cidade. Não receberia nenhum tipo de ajuda, então...

Examinando o papel com as instruções dadas por Victoria, ela leu as linhas finais, um trecho pelo qual simplesmente passara os olhos anteriormente. Havia prometido entregar a carta de Victoria a Garrick, mas imaginara agir em tempo próprio. Jamais planejara ir procurar o desconhecido no meio da noite, no meio de uma tempestade.

Mas essa era sua única esperança de resgate. Chovia muito. Estava escuro. Não tinha lanterna, guarda-chuva ou capa impermeável. Teria de enfrentar as condições adversas. Não havia feito o mesmo em Nova York dezenas de vezes, quando um temporal inesperado lavava as ruas movimentadas?

Determinada, ela leu as instruções sobre como chegar à casa de Garrick Rodenhiser. Olhando pelo para-brisa, conseguiu localizar a entrada do bosque atrás e à esquerda da chaminé. Sem pensar na escuridão que teria de enfrentar, ela pôs a folha de papel na bolsa, deixou-a no chão, apagou os faróis do carro e desligou o motor. Depois de guardar a chave no bolso, respirou fundo, abriu a porta do carro e saiu.

Os pés mergulharam imediatamente em centímetros de lodo. Atordoada, ela olhou para onde deveriam estar os tornozelos. Igualmente atordoada, removeu um pé do atoleiro, notando que ele surgia sem o sapato. Leah mergulhou novamente o pé no barro, girando-o até localizar o calçado e enfiar nele o pé molhado, removendo o conjunto do lodo com grande dificuldade.

Desequilibrada, ela deu alguns passos para o que esperava ser solo mais firme. Era, mas dessa vez o outro pé emergiu sem o sapato. Com as pernas bem afastadas, ela repetiu o procedimento para resgatar o calçado e só então deu outro passo.

Preferia nem pensar que os confortáveis mocassins de couro que tanto amava estavam definitivamente arruinados. Não queria pensar na calça ou nas meias, ou no restante das roupas, já completamente encharcadas. E presumindo que o trajeto até o chalé do homem em questão fosse curto, o que asseguraria uma rápida viagem de volta ao carro, ela também não pensou em trancá-lo. Com toda a rapidez permitida pelas circunstâncias, Leah contornou as ruínas do chalé de Victoria e mergulhou no bosque.

Uma velha trilha de lenhadores, sua amiga havia falado. Podia acreditar nisso. Nenhum carro teria passado por ali, porque anos de crescimento de árvores e galhos haviam estreitado o caminho consideravelmente. Mas ainda era possível vê-lo, e por isso sentia-se grata.

Tudo ali estava molhado, e alguns trechos eram quase tão enlameados e instáveis quanto a área onde havia parado seu carro. Mas Leah prosseguia, cambaleando e movendo os pés com dificuldade, tentando evitar os atoleiros onde, de tempos em tempos, acabava mergulhando até a altura dos tornozelos.

Com o passar dos minutos, crescia a dificuldade para ignorar o desconforto. Correr sob um temporal em Manhattan nunca fora tão horrível. Sentia frio. As roupas encharcadas aderiam ao corpo, oferecendo pouca proteção. Os cabelos pingavam. A franja encobria os olhos e embaçava as lentes dos óculos. Tensão e esforço faziam todo o corpo doer.

Pior, não havia sinal algum de habitação à frente. Nenhum sinal de vida humana nos arredores. Pela primeira vez desde a constatação de que o carro estava atolado, ela percebeu exatamente como estava sozinha e vulnerável. Garrick Rodenhiser era um armador de nós e laços, um caçador, em suma, o que significava que havia animais por ali. Pensar que essas criaturas poderiam caçar seres humanos na chuva e na escuridão provocou um arrepio que percorreu todo o seu corpo, intensificando a sensação de frio. Ela escorregou e caiu no solo enlameado. O baque arrancou um grito de seu peito. O terror a pôs em pé imediatamente, e ela seguiu em frente, chorando.

Leah perdeu o sapato muitas outras vezes e os teria deixado no caminho, não fosse o pavor de caminhar descalça pelo lodo escorregadio e viscoso. Ela caiu mais duas vezes, chorando de dor, quando, na segunda queda, algo pontiagudo feriu sua perna na altura da coxa. Sem se importar em parar para tentar descobrir o que poderia ser, ela continuou, mancando. Cambaleando, escorregando, voltando para recuperar o sapato, ela ia ficando cada vez mais molhada, suja e gelada.

A certa altura, a exaustão a fez parar. Braços e pernas estavam enrijecidos; sentia-se tremer por dentro, e a respiração era superficial e arfante. Tinha de continuar, dizia a si mesma, mas os membros se negavam a ouvir o comando do cérebro. Minutos depois, ela retomou a difícil caminhada, e só porque a dor do movimento era preferível à agonia psicológica da inatividade.

Quando ouviu sons além da chuva, Leah quase cedeu ao pânico. Olhando em volta sem enxergar nada, ela se chocou contra o tronco de uma árvore e rodopiou, escapando por pouco de mais uma queda. Tinha certeza de que chorava, porque nunca sentira tanto medo em sua vida, mas não conseguia distinguir as próprias lágrimas dos pingos da chuva.

Dúvidas dominavam seus pensamentos. Até onde poderia contar com as pernas doloridas? Como ter certeza de que a casa do caçador ainda existia? E se Garrick Rodenhiser simplesmente não estivesse lá? O que faria então?

Muito perto do desespero, Leah não viu o chalé até estar praticamente nele. Ela cambaleou e caiu, dessa vez sobre pedras planas que formavam uma trilha. Ajeitando os óculos com o dorso de uma das mãos, ela olhou através da cortina de chuva para a estrutura que se erguia diante de seus olhos. Após alguns segundos de análise frenética, ela identificou a luminosidade prateada que brotava por entre as frestas das venezianas. Foi a imagem mais doce que jamais vira.

Levantando-se, Leah percorreu cambaleante a distância final e praticamente se arrastou pelos poucos degraus da escada que conduzia à porta do chalé. Sob a proteção da varanda, estava livre da chuva, mas os dentes batiam e as pernas se recusavam a sustentá-la, mesmo que só por mais um minuto. Sentada no chão ao lado da porta, ela reuniu forças para bater com o cotovelo contra a madeira. Depois cruzou os braços e, tremendo convulsivamente, tentou não perder os sentidos.

Um minuto se passou sem que nada acontecesse. O desespero crescia, tomando proporções incontroláveis. O ar frio da noite soprava em seu rosto, ameaçando congelar as roupas molhadas. Ela bateu à porta mais uma vez, já quase sem forças, e dessa vez alguém a abriu. Fraca, Leah ergueu os olhos. Pelas lentes molhadas, conseguiu identificar uma silhueta larga e forte recortada contra a luz da soleira. Atrás dela, havia o paraíso.

— Eu... — começou. — Eu... — A silhueta não se movia. — Eu sou... Preciso... — Sua voz era fraca, trêmula, entrecortada pelo frio que a reduzia a uma criatura confusa e impotente. Devagar, com muito cuidado, o gigante se abaixou. Leah sabia que ele era humano. Ele se movia como um ser humano. Tinha mãos como as de um humano. E esperava, rezava para que ele tivesse o coração de um ser humano.

— Victoria me mandou aqui — ela conseguiu dizer com um fio de voz. — Estou congelando...

Capítulo 2

Garrick Rodenhiser teria rido, não fosse a figura encolhida diante dele tão patética. Victoria jamais teria enviado uma mulher à sua casa. Ela sabia quanto valorizava sua privacidade. E respeitava essa sua escolha. Essa era uma das razões pelas quais tinham se tornado amigos.

Mas a figura em sua porta era realmente patética. Ela estava ensopada, coberta de lama e, a julgar pelo modo como tremia, gelada até os ossos. Sim, o tremor podia ser de medo, ele pensou. E se a presença da desconhecida em sua porta fosse algum tipo de armadilha, ela certamente tinha bons motivos para temer sua reação.

Por outro lado, Garrick não era nenhum ogro. Independentemente dos motivos que a haviam levado até ali, não podia fechar a porta e deixá-la à mercê da tempestade.

— Venha, vamos entrar — ele disse, segurando-a pelo braço e começando a levantá-la do chão.

A mulher tentou se soltar, resmungando palavras desconexas e sem importância naquelas circunstâncias.

— Estou imunda...

O contato firme dos dedos em seu braço foi a única resposta que Leah recebeu. E ela não insistiu no protesto. Sentia as pernas doloridas e enrijecidas e não sabia se teria sido capaz de se levantar sozinha. Porém, no instante em que a viu em pé, o homem a soltou e se virou para entrar no chalé.

Leah deu três ou quatro passos para o interior aquecido e parou. A porta se fechou atrás dela. À sua frente, um fogo acolhedor crepitava. Embaixo dela, formava-se rapidamente uma horrível poça de água e lama.

Removendo os óculos, ela tentou limpá-los na jaqueta, mas foi inútil. Segurando os óculos imprestáveis, ela olhou em volta com um ar indefeso e assustado.

— Não está vestindo roupas adequadas para o clima, não é? — perguntou o dono da casa.

A voz dele era profunda e grave. Os olhos de Leah tentaram estudar o rosto de traços marcantes, definidos. A imagem era nublada, mas o porte avantajado do desconhecido era evidente. Havia sido diferente vê-lo ereto e imponente diante dela enquanto, trêmula, ela permanecia encolhida no chão. Agora estava em pé, uma mulher de 1m67 de altura. Ele devia ter pouco mais de 1m90, e calçava botas de solado reforçado. Talvez devesse ter medo dele, afinal.

— Seu nome é Garrick Rodenhiser? — A voz soava estranha, rouca e trêmula, como o restante dela.

O homem assentiu.

Leah notou que ele usava roupas escuras e estava barbudo, mas, se era quem dizia ser, se era mesmo amigo de Victoria, então estava segura.

— Preciso de ajuda — ela declarou, forçando as palavras com grande esforço para além da garganta oprimida. — Meu carro está atolado...

— Você precisa de um banho — Garrick a interrompeu. Seguro, caminhou até o outro lado da sala, o único cômodo do chalé, onde abriu um armário para pegar várias toalhas limpas. Mesmo sem saber quem era a mulher que agora estava em pé no meio da sala de sua casa, sabia que ela tremia convulsivamente e que estava ensopando o chão. Quanto antes ela estivesse limpa e aquecida, mais depressa poderia explicar sua presença.

Garrick acendeu a luz do banheiro e deixou as toalhas sobre o balcão do gabinete da pia, depois fez um gesto para chamar Leah. Ela não se moveu. Garrick repetiu o gesto.

— Há muita água quente aqui. E sabonete e xampu.

Leah olhou para baixo, para as próprias roupas. Estavam quase irreconhecíveis, totalmente diferentes daquelas que vestira ao amanhecer em Nova York.

— Não era assim que acontecia no filme — ela comentou com voz fraca e ar confuso.

Garrick a encarou sem saber se estava caindo numa armadilha.

— Como disse?

— *Tudo por uma esmeralda*. Eles corriam pela chuva e pisavam na lama, mas as roupas estavam sempre limpas.

Garrick não via um filme havia quatro anos, o que significava que ainda não podia chegar à conclusão se o comentário era mesmo inocente como parecia.

— É melhor tirar essas roupas.

— Mas não tenho outras. — Leah continuava tremendo. Os dentes se chocavam entre uma palavra e outra. — Deixei a bagagem no carro.

Garrick se dirigiu à lateral da sala, onde uma cama larga presa à parede dividia espaço com uma cômoda baixa. Ele abriu várias gavetas, uma depois da outra, e finalmente retornou com uma pilha de roupas dobradas que deixou no banheiro, ao lado das toalhas.

Dessa vez, Leah respondeu ao gesto que a convidava a se aproximar. Mas seu andar era rígido, hesitante, e antes que pudesse alcançar a porta, ela foi detida por uma pergunta.

— O que aconteceu com sua perna?

Ela olhou para a própria coxa e engoliu em seco. Nem mesmo a espessa camada de barro sobre o tecido da calça podia esconder o rasgo e o sangue que escorria do ferimento.

— Eu caí.

— Onde bateu a perna?

— Não sei. Em alguma coisa pontiaguda. — Presa ao chão pela curiosidade e pela fadiga, ela viu o dono da casa caminhar até a área onde funcionava a cozinha, abrir um armário e retirar dele um grande kit de primeiros socorros. Com o estojo aberto sobre a bancada, ele examinou tudo que havia ali e escolheu um frasco de antisséptico e material para curativo, que também acrescentou à pilha que ia crescendo no banheiro.

— Tome seu banho — Garrick a instruiu. — Vou fazer um café.

— Conhaque. Preciso de conhaque — ela sugeriu em tom de súplica aflita.

— Lamento, mas não tenho conhaque.

— Uísque? — Dessa vez a pergunta soou mais fraca. Seria lenda que todos os homens da floresta bebiam, de preferência líquidos destilados, mais fortes e às vezes de preparo caseiro?

— Desculpe.

— Nada? — Agora a voz era apenas um sussurro.

Garrick balançou a cabeça. Lamentava de fato não ter uma bebida mais forte. Apesar do calor no interior do chalé, a mulher diante dele continuava tremendo. Se havia caminhado pela floresta, e a julgar por sua aparência ela havia percorrido uma distância considerável, devia sofrer agora os efeitos do choque. Mas não dispunha de nada alcoólico para oferecer. Não voltara sequer a olhar para uma garrafa de bebida desde que deixara a Califórnia.

— Nesse caso, uma xícara de café quente será... perfeito. — Ela tentou sorrir, mas o rosto se negava a cooperar. As pernas também não respondiam aos comandos do cérebro como haviam sido treinadas para fazer. Pelo contrário, protestaram quando foram forçadas a conduzi-la até o banheiro. Sentia-se mais dolorida a cada minuto que passava. Com a ponta de um dedo, ela fechou a porta do banheiro. O que realmente queria era tomar um banho, mas um olhar pelo aposento revelou a inexistência de uma banheira. O cômodo era grande, espaçoso e surpreendentemente moderno, claro e bem-equipado.

— Há uma lâmpada de aquecimento aí dentro — Garrick informou do outro lado da porta.

Leah encontrou o interruptor e acendeu a luz, evitando deliberadamente olhar para o espelho. Depois de deixar os óculos sobre a bancada da pia, abriu o boxe de vidro e ligou o chuveiro. No minuto em que teve certeza de que a água era quente, ela se despiu.

Era o paraíso. Simplesmente o paraíso. A água quente corria por sua cabeça, descendo pelo rosto e pelo corpo numa cascata de calor instantâneo.

Não saberia dizer quanto tempo passou ali, imóvel, nem se importava com isso. Garrick dissera que dispunha de muita água quente e, apesar de nunca ter sido uma pessoa egoísta ou oportunista, planejava tirar proveito de cada gota. Vivia circunstâncias extenuantes, afinal. Depois de tudo que enfrentara lá fora, seu corpo merecia um mínimo de conforto.

Além do mais, manter-se sob o jato de água era uma atitude determinada pela inércia, como havia sido dirigir pela estrada no último trecho da viagem, sob chuva torrencial e em regiões desconhecidas. E sabia que, quando saísse dali, teria de enfrentar um futuro tão lamacento e sombrio quanto suas roupas. Não estava ansiosa por isso.

Aos poucos, pés e mãos recuperaram a sensibilidade. Leah começou a trabalhar de verdade na limpeza da pele e dos cabelos, usando sabonete e xampu para promover espuma abundante e repetindo o processo mais vezes do que era necessário, quase obsessiva na necessidade de remover todos os vestígios do lodo que era sinônimo de terror.

Quando ela desligou o chuveiro, a dor nos membros dera lugar a um cansaço envolvente. Mais que tudo nesse momento, queria uma poltrona macia e confortável, ou um sofá, ou, melhor ainda, uma boa cama. Mas havia trabalho a ser feito. Com os cabelos envoltos em uma toalha, ela começou a se enxugar com outra. Porém, ao passar o tecido felpudo sobre o ferimento da coxa, Leah não conseguiu conter um gemido de dor. Munindo-se dos óculos, que antes lavou e secou, ela conseguiu enxergar a extensão da ferida.

Teria sido melhor não vê-la. A região externa da coxa estava marcada por um corte de mais ou menos oito centímetros, profundo o bastante para fazer seu estômago se rebelar. Erguendo o corpo, ela fechou os olhos, pressionou uma das mãos contra o ventre e respirou fundo várias vezes. Depois, adiando o máximo possível o momento de examinar novamente o corte, pegou as roupas que Garrick havia providenciado.

Não estava em condições de escolher nada, por isso nem prestou muita atenção à aparência do macacão curto e cinza que vestiu sob uma camisa de flanela verde. O macacão térmico chegava quase ao meio de suas coxas; a camisa era ainda mais longa. O calor proporcionado pela combinação das duas peças era reconfortante.

Leah se sentou sobre a tampa do vaso sanitário e, trabalhando depressa, antes que perdesse a coragem e os sentidos, abriu o frasco de antisséptico, embebeu a ponta de uma toalha com o líquido e pressionou o tecido contra a ferida.

A dor que a atingiu tinha a intensidade de um raio cortando o céu escuro. O grito foi inevitável, e ela afastou a toalha da perna machucada. Ao mesmo tempo, a outra mão perdeu a força e soltou o frasco, que caiu no chão e se quebrou.

Garrick, que estivera pensativo olhando para o fogo, virou-se para a porta do banheiro ao ouvir o grito. Em poucos segundos ele atravessou a sala e invadiu o banheiro.

Leah tinha as mãos cerradas sobre os joelhos e balançava para frente e para trás esperando que a onda de dor e o ardume perdessem força. Ela o encarou.

— Não esperava que doesse tanto — murmurou.

Garrick segurava a maçaneta com força. Por um instante, pensou em recuar. Há mais de quatro anos não via pernas como aquelas, longas e bem torneadas, sedosas e claras como o mais delicado cetim. Tinha os olhos fixos nela, enquanto o coração adotava um ritmo estranho e desconhecido, muito mais rápido que o normal. Disse a si mesmo para sair dali, para fugir... mas, antes de ouvir a voz da razão, ele viu a marca vermelha na seda pálida e soube que não iria a lugar algum.

Ajoelhado diante dela, Garrick pegou a toalha da mão crispada de Leah e, com delicadeza e cuidado, foi tocando a região em torno da ferida, desinfetando-a. A cor do antisséptico era distinta na parte da toalha que ela usara. Garrick examinou o tecido e a encarou.

— Aguente firme.

Com movimentos rápidos e entrecortados, ele aplicou sobre o corte o que restava do líquido desinfetante na toalha. Leah prendeu o fôlego e abriu uma das mãos, apertando-a contra a coxa para mantê-la paralisada. Sua perna inteira tremia quando Garrick pegou o material para concluir o curativo.

— Posso cuidar disso — ela sussurrou, fraca. Gotas de suor podiam ser vistas sobre seu lábio superior e no nariz, o que fazia os óculos escorregarem. Os dedos tremiam quando ela estendeu a mão, mas sentia-se tola por ter quebrado o frasco de antisséptico e precisava demonstrar que já recuperara o controle.

Mas foi como se ela não tivesse falado. Garrick cobriu o corte com um grande pedaço de gaze e prendeu o tecido no lugar com tiras de esparadrapo. Feito isso, ele recolheu os pedaços maiores de vidro e os depositou sobre o balcão.

Só então a encarou de verdade, os olhos estudando seu rosto pálido antes de se deterem na têmpora. Usando um pedaço limpo de gaze, ele mergulhou o tecido no fundo do frasco quebrado, onde ainda havia algum líquido desinfetante, e limpou os arranhões que via ali.

Leah nem havia notado os pequeninos ferimentos. Lembrava-se vagamente de ter se chocado contra um tronco de árvore, mas arranhões superficiais não poderiam tê-la preocupado, uma vez que o restante de seu corpo estava gelado e dolorido. Mesmo agora, os arranhões foram rapidamente esquecidos, porque Garrick desviara a atenção para a mão dela, para os dedos que haviam permanecido crispados durante todo o procedimento. Leah parou de respirar por um momento quando sentiu o contato dos dedos sobre os dela.

Sem perguntar a si mesmo por que agia dessa maneira ou com que finalidade, ele abriu seus dedos lentamente e com cuidado, depois olhou para os sinais avermelhados que as unhas haviam deixado nas palmas das mãos dela. Eram uma declaração de autocontrole, qualidade que ele admirava. Tentou apagar os sinais passando um dedo sobre a pele pálida, mas foi inútil. Eles permaneciam indeléveis. Segurando as mãos delicadas, ele ergueu os olhos para fitá-la.

Leah não estava preparada para aquela força luminosa. O olhar a penetrava, aquecia e amedrontava de um jeito que não entendia. As profundezas cor de âmbar falavam de solidão, reflexos prateados sugeriam carência. Era como se o olhar a envolvesse e inundasse, exigindo nada e, ao mesmo tempo, exigindo tudo.

Foi um momento incrível.

De todas as novas experiências que tivera naquele dia, essa era a mais estonteante. Garrick Rodenhiser não era o velho caçador que ela havia imaginado. Não era nem de longe o homem endurecido e rústico que ela esperava encontrar em um chalé na floresta. Ele era um homem em seu apogeu, e os únicos aromas que emanavam de seu corpo se relacionavam a fumaça de madeira na lareira e virilidade.

Nesse momento tão improvável e inesperado, ela se sentiu atraída por Garrick. Incapaz de lidar com a ideia de se sentir atraída por alguém, especialmente por um estranho, ela desviou o olhar. Mas não foi a única a se sentir abalada com o breve interlúdio promovido pelo contato visual, com as emoções novas e inusitadas provocadas por esse instante de aproximação.

Garrick soltou sua mão e levantou-se repentinamente.

— Não toque nos cacos de vidro — disse. — Eu cuido disso quando você terminar de se arrumar. — Girando sobre os calcanhares, ele saiu do banheiro e voltou para perto da lareira. Garrick ainda estava lá, debruçado sobre o console, com os braços sobre a madeira rústica e a testa apoiada neles, quando ouviu o som da porta do banheiro se abrindo algum tempo depois.

Com movimentos comedidos, ele se ergueu e virou lentamente, preparado para começar o inquérito. Essa mulher, não importava quem fosse, estava invadindo sua propriedade. Não gostava de visitantes inesperados. Não gostava de nada que pudesse representar uma ameaça à sua paz, mesmo que fosse uma ameaça remota.

Não contava com o que estava vendo, muito menos com o que sentia diante dessa visão. Se julgava ter conquistado o controle sobre seus sentidos nesses poucos minutos de solidão, estava enganado. Agora, olhando para essa mulher sobre quem nada sabia, era novamente tomado pelo mesmo desejo que o tomara de assalto pouco antes.

Estranhamente, se esse desejo fosse físico, teria se sentido menos ameaçado. Necessidades induzidas por hormônios eram compreensíveis, aceitáveis e fáceis de saciar.

Mas o que sentia ia além do aspecto físico. Havia surgido pela primeira vez quando entrara no banheiro e vira pernas femininas, sedosas, torneadas e expostas. Não identificara nada de sedutor na maneira como ela tremia, mas se sentira perturbado da mesma maneira. Pensara em um cervo que havia encontrado na floresta. O animal o encarara, imóvel, exceto por um sutil tremor em suas pernas traseiras, um sinal que revelava seu medo elementar. Naquele momento ficara frustrado e não pudera garantir ao certo que jamais o machucaria. Agora estava frustrado porque a mulher parecia igualmente indefesa e, apesar de poder reconfortá-la oferecendo garantias de que não a machucaria, era incapaz de articular as palavras.

O desejo que sentira desde o início crescera enquanto estivera cuidando do ferimento, quando os dedos roçaram sua pele e a encontraram morna do banho e muito macia. Definitivamente humano. Vivo. Um membro de sua própria espécie. Naquele momento, sentira uma necessidade instintiva de demonstrar que também era um ser humano cheio de vida, como ela.

Ao segurar a mão dela, sentira a estranha necessidade de protegê-la. Fragilidade, a necessidade de proteção, uma súplica primitiva de proximidade... fora incapaz de negar os sentimentos, apesar de se sentir chocado com seu reconhecimento.

E quando a fitara nos olhos, descobrira-os tão assustados quanto os dele deveriam ter estado.

Não sabia se acreditava nela. Conhecera bons atores no passado, tantos que já não conseguia mais confiar nas aparências. Porém, também não podia ignorar os próprios sentimentos porque diziam algo a seu respeito que ele não queria saber.

Esses sentimentos o atingiram com força total quando ele a encarara. Não que ela fosse bonita. Os cabelos negros, agora limpos e soltos, caíam tímidos pouco além da linha da nuca, e uma franja espessa escondia sua testa. Os traços eram comuns, e óculos redondos e grossos dominavam o rosto pálido. Não, ela não era bonita, e certamente não era sexy usando sua camisa de flanela e seu macacão térmico. Mas a palidez o afetava de alguma maneira, como a curva suave dos ombros e a maneira como se inclinavam para a frente quando ela cruzara os braços a fim de se proteger.

Ela era a imagem da vulnerabilidade e, vendo-a, sentia-se vulnerável também. Queria abraçá-la, só isso. Apenas abraçá-la. Não podia entender essa necessidade, não queria admiti-la, mas era isso.

— Não sei bem o que fazer com minhas roupas — ela disse. Seus olhos expressavam confusão, mas a voz era calma. — Eu as lavei como pude no chuveiro. Há algum lugar onde eu possa pendurá-las para secar?

Garrick estava satisfeito com a qualidade corriqueira da pergunta, porque ela o ajudava a se esquivar de pensamentos mais profundos.

— É melhor lavá-las de verdade primeiro. Ali. — Ele apontou para a área da cozinha.

Agora que tinha os óculos limpos e secos, Leah conseguia enxergar o que fora física e emocionalmente incapaz de ver antes. Um conjunto de máquina de lavar e secadora instaladas ao lado da pia, não muito longe de uma lavadora de louças e de um forno de microondas. Cozinha moderna, banheiro moderno... Garrick Rodenhiser gozava de todo conforto, apesar de viver em uma região rústica e isolada.

Leah voltou ao banheiro para pegar as roupas e colocá-las na máquina de lavar com uma generosa dose de sabão em pó. Uma vez ligada a máquina, ela olhou para a cafeteira e notou o líquido fumegante no recipiente transparente.

— Sirva-se — Garrick sugeriu.

Em silêncio, ele a viu abrir os armários até encontrar uma xícara.

— Quer café? — Leah perguntou sem se virar.

— Não.

Sua mão tremeu quando ela serviu o líquido em uma xícara, e até esse sutil movimento teve reflexos nos músculos cansados e tensos de seus ombros. Com a xícara na mão, ela seguiu descalça até a janela para espiar por entre as frestas da veneziana. Não conseguia ver muito, mas o ruído constante da chuva sobre o telhado era a prova do que desejava confirmar.

Leah se virou para olhar para Garrick.

— Há alguma chance de irmos resgatar meu carro esta noite?

— Não.

A palavra simples foi a confirmação do que ela já suspeitava. Não havia razão alguma para se preocupar com algo que nenhum dos dois podia mudar.

— Importa-se se eu for me sentar perto do fogo?

Ele se afastou um pouco, num convite silencioso. As tábuas largas de carvalho eram mornas sob seus pés descalços, e ela se aproximou da lareira. Sentando-se sobre o velho tapete de tiras de tecido com mais fadiga do que finura, ela cruzou as pernas, colou os braços ao corpo e segurou a xícara com ambas as mãos.

As chamas dançavam baixas e alaranjadas, e a visão teria sido relaxante, se ela se sentisse em condições de relaxar. Mas, sentada diante delas, relativamente aquecida e segura pela primeira vez em horas, ela viu com uma clareza espantosa tudo que havia enfrentado naquela noite. Passaria a noite ali, exatamente onde estava; sabia bem disso. A tempestade continuava. Seu carro estava atolado. Não iria a lugar algum até a manhã seguinte. Mas... e depois?

Mesmo quando o carro estivesse desimpedido, não teria para onde ir. O chalé de Victoria já não existia mais, e com ele haviam desmoronado todos os planos que fizera nas últimas três semanas. Tudo havia parecido tão simples! Agora, nada mais era simples. Podia dar uma olhada na região e encontrar outro chalé para alugar.

Mas não sabia por onde começar. Podia alugar um quarto em uma pousada, mas suas economias estavam longe de ser fartas. Podia voltar a Nova York, mas algo nessa possibilidade cheirava a derrota... ou ela se convenceu disso quando não encontrou outra desculpa para a hesitação diante dessa possibilidade.

Se estivera aborrecida durante a viagem para o norte, agora se sentia inteiramente desorientada. Nunca, nem em seus períodos mais sombrios do passado, ela estivera sem uma casa.

Atrás dela, as rachaduras do sofá rangeram. Garrick. Com os óculos, podia ver mais detalhes do chalé. E também via que Garrick Rodenhiser era extremamente atraente. A força que tanto a impressionara de início concentrava-se na parte superior do corpo, nos ombros bem desenvolvidos e nas costas de músculos definidos. Podia ver o desenho sob a malha da blusa preta de gola alta. A calça de sarja cinza modelava pernas longas e um quadril estreito. Ele usava barba, sim, mas bem aparada e limpa. Os cabelos também eram um pouco longos, mas estavam penteados e tinham um tom escuro de louro iluminado por mechas prateadas.

O nariz era reto, os lábios eram finos e másculos. A pele flexível cobria ossos fortes no rosto, mas eram os olhos que continham toda a força de seu ser. Cor de âmbar com reflexos prateados, eram vivos e cheios de dúvidas mascaradas e pensamentos inconfessáveis.

Se Leah fosse uma jogadora, apostaria que Garrick não pertencia àquele lugar. Sim, porque ele não combinava em nada com a imagem de um caçador. Para começar, havia as amenidades no chalé, objetos que falavam de uma certa sofisticação. Havia também seu discurso: embora as palavras fossem poucas e muito espaçadas, a enunciação sugeria cultura e boa formação intelectual. E os olhos... Ah, aqueles olhos!

Eles tinham um olhar realista, sofisticado, cínico, como se ao mesmo tempo tudo soubessem e tudo indagassem.

De onde ele viera e o que o levara até ali? O que ele pensava de sua chegada e do fato de ter de hospedá-la por uma noite? Que tipo de homem era ele, como agia com relação às mulheres? A carência que pressentia nele era mesmo profunda como imaginava?

Garrick tinha pensamentos semelhantes. Em seus 40 anos de vida, tivera mais mulheres do que se dera ao trabalho de contar. Desde os 14 anos, tinha plena consciência de si mesmo como homem. De maneira incrível, o ego e os testículos haviam sido rivais na busca e na conquista de uma mulher. Com o passar dos anos, a quantidade passara a compensar a falta de qualidade. Seduzia tudo que era do sexo feminino, sem discriminação e, com frequência inquietante, sem cuidado algum. Usara e fora usado, e a habilidade sexual de que tanto se orgulhara durante certo tempo se transformara em um ato físico que era superficial e doloroso. E esse ato passara a refletir também o resto de sua vida.

Tudo isso havia terminado quatro anos antes. Desde que se mudara para New Hampshire, vivia no celibato. Não sentira desejo ou necessidade. Vivera dentro de muralhas bem definidas, sem nenhuma certeza sobre si mesmo, sem confiar em suas emoções e motivações. Durante aqueles primeiros meses, seu único objetivo fora forjar uma existência como ser humano.

Gradualmente, o curso diário de sua vida fora se encaixando no devido lugar. Passara a ter mulheres, apenas relacionamentos ocasionais, mas nenhuma que despertasse um desejo ardente e incontrolável. Tinham sido apenas casos passageiros, mais uma necessidade de se assegurar da própria virilidade e de sua condição de homem saudável e normal. Raramente estivera duas vezes com a mesma mulher. Nunca levara uma delas para a sua casa.

Mas agora uma mulher estava ali. Não a convidara. De fato, queria que ela partisse o mais depressa possível. Mas, enquanto a estudava, enquanto a via olhando para o fogo, bebendo um ou outro gole de café, flexionando os braços em torno de si mesma como se precisasse se proteger, sentia uma intensa necessidade de contato humano.

Talvez essa necessidade fosse o indicador de um novo estágio em seu desenvolvimento. Teria atingido o ponto em que, estando confortável consigo, sentia-se preparado para conviver com outras pessoas?

Dividir. Aprender a dividir. Sempre fora autocentrado e, em certa medida, a vida que construíra ali reforçara essa tendência. Fazia somente o que queria e quando queria. Não sabia se era capaz de mudar de atitude, ou mesmo se queria isso. Não sabia se estava pronto para experimentar algo novo.

Mesmo assim, havia a voz fraca da carência que gritava quando olhava para ela...

— Qual é seu nome?

Leah se sobressaltou com o som inesperado da voz dele. Ela se virou com os olhos cheios de medo.

— Leah Gates — respondeu.

— É amiga de Victoria?

— Sim, sou.

Garrick olhou para as chamas. Só quando ela também direcionou sua atenção para o fogo, ele voltou a estudá-la.

Leah Gates. Amiga de Victoria. A mente conjurava inúmeras possibilidades, e nenhuma delas era inteiramente tranquilizadora. Essa mulher podia ser realmente amiga de Victoria, ou uma conhecida que, de alguma forma, tomara conhecimento de sua existência e havia decidido, por razões desconhecidas, ir procurá-lo. Por outro lado, ela podia estar mentindo, usando o nome de Victoria para obter a matéria que ninguém mais conseguira escrever. Ou podia estar dizendo a verdade, o que deixava em aberto a pergunta monumental sobre por que Victoria a mandara até ali.

Apenas dois fatos eram claros. O primeiro era que teria de hospedá-la ao menos por aquela noite, porque era evidente que ela não iria a parte alguma tão cedo. O segundo era que ela enfrentara sérias dificuldades para chegar até ali. Mesmo sentada diante da lareira, ela ainda tremia.

Levantando-se do sofá, Garrick foi buscar o cobertor extra que deixava dobrado ao pé da cama. Ele o desdobrou enquanto caminhava na direção da lareira e o depositou sobre os ombros da visitante inesperada. Leah lançou em sua direção um breve olhar de gratidão antes de se enrolar no cobertor.

Dessa vez, quando ele se sentou novamente, levava no peito um vago sentimento de satisfação. De início, decidiu ignorá-lo, mas o sentimento persistia, e no final ele acabou por considerá-lo. Nunca fora homem de desistir. Sua vida, aquela vida, havia sido governada por egoísmo e individualismo. O fato de um gesto tão pequeno como oferecer um cobertor agradá-lo tanto era interessante... animador... intrigante.

Com o passar do tempo, os únicos sons no chalé eram o estalar do fogo e o eco da chuva. De tempos em tempos,

Garrick adicionava mais madeira à lareira e, depois de um tempo, Leah se deitou de lado, envolta pelo cobertor. Ele soube o momento exato em que ela pegou no sono, porque os dedos que agarravam o cobertor relaxaram e sua respiração se tornou mais profunda.

Vendo-a dormir, ele sentiu novamente aquela necessidade de abraçar e ser abraçado, o impulso de proteger. A mente fértil criara um cenário no qual Leah era uma alma perdida sem laços com o passado, sem planos para o futuro, nem nenhuma necessidade senão aquela de um pouco de calor humano. Era um sonho, certamente, mas refletia o que nem ele notara em si mesmo até aquela noite. Não acreditava que pudesse gostar disso, porque significava que faltava algo em sua vida, na vida que tão arduamente forjara para si mesmo, mas estava ali, e era forte o bastante para se fazer notar.

Ele se levantou silencioso e abaixou-se ao lado dela. O rosto estava semioculto, por isso ele puxou o cobertor abaixo da linha do queixo, estudando os traços iluminados apenas pelo fogo que ardia na lareira. Ela parecia totalmente inocente. Gostaria de poder acreditar nas aparências.

Incapaz de se conter, Garrick tocou o rosto adormecido com a parte dorsal dos dedos. A pele era suave e lisa, aquecida pelo fogo e suavemente corada. Seco, o cabelo era espesso. A franja que cobria sua testa fazia os traços parecerem ainda mais delicados. Ela não era bonita ou sexy, mas tinha uma graça toda própria. Se ao menos pudesse acreditar que era mesmo inocente...

Nada teria a perder fingindo só por uma noite... Teria?

Com cuidado para não perturbá-la, ele a tomou nos braços e, ainda envolta pelo cobertor, levou-a para a sua cama.

Ao vê-la confortavelmente deitada de lado, ele caminhou até o outro lado da cama, despiu-se e deitou-se sob o lençol vestindo apenas roupas íntimas.

Deitado de costas, virou a cabeça e olhou para o lado. O brilho negro de seus cabelos era tudo que podia ver sobre o cobertor, mas as curvas embaixo dele sugeriam mais. Muito mais. Ela não era do tipo exuberante. As roupas ensopadas haviam revelado um corpo esguio. E também não a sentira pesada quando a carregara até a cama. Mesmo coberta de lodo e encharcada, Leah revelara ao mundo sua condição de mulher. Uma condição que os olhos dele haviam registrado.

Olhando para o teto, ele mudou de posição lentamente, parou por um instante, depois concluiu a mudança. A cada movimento, aproximava-se mais dela. Não conseguia sentir seu calor ou seu cheiro. Múltiplas camadas de lençóis e cobertas, mais uma distância segura de cerca de trinta centímetros entre eles, o impediam de registrar esses dados. Mas sabia que ela estava ali, no escuro, onde ninguém podia ver ou saber. Garrick sorriu.

Leah acordou na manhã seguinte sentindo cheiro de café fresco e bacon na frigideira. Ela franziu a testa antes mesmo de abrir os olhos, porque não entendia quem poderia estar em seu apartamento, muito menos cozinhando. Então, os eventos do dia anterior retornaram com força total e ela abriu os olhos numa reação apavorada. A última coisa de que se lembrava era de ter estado deitada diante da lareira acesa. Agora estava em uma cama. Mas só havia uma cama no chalé de Garrick.

Garrick. Ela moveu a cabeça e viu uma forma nebulosa diante do fogão. Momentos depois, já com os óculos na frente dos olhos, ela confirmou a identidade daquela forma.

Libertando-se do casulo formado por cobertores, ela ainda precisou de um minuto para se sentar na cama e pôr os pés no chão. Enquanto fazia esse esforço, Leah tentava ignorar os veementes protestos dos músculos de seu corpo. Contendo um gemido, ela finalmente se levantou e seguiu mancando para o banheiro.

Quando saiu de lá com o rosto lavado e os cabelos penteados, já estava pensando em voltar para a cama. O corpo todo doía, estava horrível e, a julgar pelo ruído que ouvia, a chuva continuava caindo lá fora. Sair sob a tempestade, mesmo durante o dia, não era uma perspectiva animadora.

Mas não podia voltar para a cama, simplesmente porque a cama não era dela. E ele a vira levantar. E havia decisões a serem tomadas.

Garrick havia colocado dois pratos sobre a mesa quando, hesitante, ela se aproximou. O olhar atento registrou imediatamente a palidez de seu rosto e o desconforto causado por seus movimentos.

— Sente-se — ele disse, recusando-se a deixar que as emoções o dominassem. Já vivera sua noite de farsa e ressentia-se por ela o ter deixado com aquela sensação de vazio, de frustração. A manhã chegara, e agora precisava de respostas.

Leah se sentou e comeu, sem nenhum incentivo, um número indeterminado de ovos mexidos, quatro fatias de bacon, dois bolinhos de milho, e bebeu um grande copo de suco de laranja e uma xícara de café. Estava começando a segunda xícara, quando percebeu o que havia feito. Constrangida, olhou para o seu anfitrião e murmurou:

— Desculpe. Acho que estava faminta.

— Não jantou ontem à noite?

— Não. — Calculava aproximadamente o horário em que havia batido à porta de Garrick. Oito da noite, mais ou menos. Em nenhum momento pensara em comida, nem mesmo quando passara pelo fogão a caminho da máquina de lavar roupa. A máquina!

Ela começou a se levantar.

— Deixei minhas roupas...

— Estão secas. — Ele as havia transferido para a secadora e acionado o mecanismo depois de Leah ter adormecido.

— Todas, menos o suéter. Achei melhor pendurá-lo. E nem acho que devia tê-lo lavado na máquina. Sendo *cashmere*...

Leah estava emocionada. Havia anos não tinha ninguém que cuidasse dela. O fato de Garrick se preocupar, justamente Garrick, um estranho, o fato de ele se dar ao trabalho de pendurar seu suéter e cuidar de suas roupas, algo tão íntimo... era perturbador. Pior ainda, ele a carregara para a cama. A cama dele! E ela dormira ao lado dele. Sim, não tivera consciência de nada disso, mas, à luz do dia, estava longe de ignorar a poderosa masculinidade por ele projetada. O homem era uma mistura intrigante de rústico e civilizado. Recém-saído do banho, com os cabelos úmidos, ele vestia uma calça de sarja marrom e um suéter verde que realçavam a cor de seus olhos.

— Já devia estar arruinado muito antes de ter ido parar na lavadora — ela murmurou ofegante. Depois olhou para a janela. — Por quanto tempo acha que ainda teremos chuva?

— Dias.

Ela percebeu seu olhar e riu.

— Obrigada. — Ao perceber que seu sorriso não era correspondido, Leah ficou séria. — Está brincando, não está?

— Não.

— Mas... preciso do meu carro!

— Onde o deixou?

— No chalé de Victoria.

— Por quê?

— O que está perguntando? Por que preciso do carro? — A resposta era óbvia, não?

— Por que o deixou no chalé de Victoria?

Leah não lembrava bem quanto ela e Garrick haviam conversado na noite anterior, nem de que, exatamente, haviam falado.

— Por que ela alugou o chalé para mim. Porém, quando cheguei aqui, deparei-me com um amontoado de...

— Ela não concluiu a frase, porque Garrick a encarava com uma expressão desafiadora. Esse olhar, aliado à maneira como ele estava sentado, reclinado na cadeira com uma das mãos sobre a coxa e a outra na xícara de café, sugeria um certo ar de ameaça. Leah esperava estar enganada.

— Disse que Victoria a enviou à minha casa — ele comentou sério.

— Isso mesmo.

— Em que circunstâncias?

O nervosismo que ela experimentava fez com que as palavras se atropelassem numa pressa nada característica.

— Ela disse que, se eu tivesse algum problema, você poderia me ajudar. E eu estava com problemas. O chalé foi incendiado, meu carro está atolado na lama e eu tenho de encontrar um lugar para ficar, porque meu apartamento não está mais disponível e...

— Victoria alugou o chalé? — ele perguntou, como se ponderasse cada palavra com grande cuidado.

Leah não gostava nada do tom de voz de Garrick.

— Algum problema com isso?

— Sim.

— Qual? Ele nem piscou.

— O chalé de Victoria foi destruído por um incêndio.

— Sim, eu sei, porque vi as...

— Há três meses.

Por um minuto ela ficou em silêncio. Depois murmurou:

— O quê?

— O incêndio aconteceu há três meses.

— Não pode ser.

— É.

Se ele dissesse que o fogo havia destruído o chalé três dias antes, ela teria entendido. Com um pouco de esforço de imaginação, poderia acreditar na versão para três semanas. Afinal, ninguém morava lá. Pelo que sabia, Garrick não era o caseiro ou o zelador do imóvel. Mas três meses? Alguém teria passado por ali e notado algo de estranho nesse período.

— Está dizendo que o chalé foi destruído por um incêndio há três meses e que Victoria não foi informada disso?

— Estou dizendo que o chalé foi destruído por um incêndio há três meses.

— Por que Victoria não foi informada? — Leah indagou impaciente.

— Ela foi. — De repente, estava furiosa.

— Não acredito em você! — Garrick a encarava sério, seguro.

— Eu mesmo liguei para ela. E também acompanhei a vistoria do pessoal da companhia de seguros.

— Ligue para ela. Agora. Vamos ver o que Victoria sabe sobre isso.

— Não tenho telefone.

Considerando os outros aparelhos que conferiam conforto ao chalé, era difícil acreditar naquela alegação. Leah olhou em volta numa reação frenética, quase desesperada, tentando encontrar um aparelho que pudesse conectá-la ao mundo exterior, mas não viu nada remotamente parecido com um telefone. Mas, se Victoria dissera que também não havia telefone no chalé...

— E por que ela teria dito isso, se sabia que não tinha mais nem mesmo o chalé?

— Ela não sabia sobre o incêndio — insistiu Leah.

— Sim, sabia.

— Está mentindo.

— Eu não minto.

— Você só pode estar mentindo — ela declarou, notando que a voz soava mais alta, estridente. — Porque, se não estiver mentindo, vou **ter** de deduzir que Victoria me fez vir até aqui sabendo que eu não teria onde ficar. E isso é absurdo.

A xícara de café começou a tremer na mão dela. Leah a colocou sobre a mesa e cruzou os braços, um gesto que Garrick já havia visto antes e sabia interpretar. Sugeria estresse, mas ainda precisava comprovar a legitimidade desse sentimento.

Ele não disse nada, apenas olhou para a confusão que turvava seu olhar.

— Ela não faria isso — Leah sussurrou suplicante, esperando, precisando acreditar nisso. — Victoria passou três semanas ouvindo meus planos, ajudando-me a traçá-los. Mandei toda a minha mobília para um depósito, notifiquei a companhia elétrica, a companhia telefônica, meus amigos... A própria Victoria providenciou uma folha com as instruções sobre como chegar ao chalé e me fez ler linha por linha até ter certeza de que eu entendia tudo. Ela não teria tido todo esse trabalho, ou me permitido ter todo esse trabalho, se soubesse que não havia mais um chalé na montanha.

Garrick também tinha dificuldades para acreditar, mas era a versão de Leah, não a suposta atitude de Victoria que provocava ceticismo. Sim, Leah parecia confusa, mas talvez fosse parte da encenação. Se havia planejado tudo isso para encontrá-lo, conseguira alcançar seu objetivo. Estava ali, no chalé, usando suas roupas, comendo sua comida, bebendo seu café. Passara a noite em sua cama, embora inocentemente. Se sua intenção era obter uma visão ampla de Greg Reynolds, não podia estar melhor posicionada.

— Quem é você? — ele perguntou. Ela o encarou.

— Já disse. Leah Gates.

— De onde veio?

— Nova York.

— Por acaso trabalha para um jornal?

Esperava ouvir uma negativa imediata e apressada, por isso se surpreendeu momentaneamente quando os olhos dela se iluminaram.

— Como sabe disso? — Ele resmungou alguma coisa incompreensível. Leah não sabia que conclusões devia tirar, como também não sabia por que ele mantinha os lábios tão apertados, quase como se estivesse furioso.

— Viu meu nome em algum lugar? — ela perguntou. Se Garrick era um desses viciados em palavras cruzadas, como muitos de seus fãs, certamente reconheceria seu nome.

— Não leio jornais.

— Então, deve ter visto um dos meus livros. É isso?

— Quer dizer que também escreve livros? — ele indagou com ar aborrecido. A pergunta e o tom a deixaram perplexa.

— Eu crio palavras cruzadas. Elas são publicadas em um pequeno jornal semanal, mas já publiquei vários livretos contendo muitos enigmas de palavras cruzadas.

Palavras cruzadas? Era uma versão plausível. Mesmo assim, se ela era repórter, não podia ser uma atriz, o que não explicava por que seu discurso soava tão sincero.

— Por que estava vindo para cá? — Garrick perguntou, agora com tom mais temperado.

— Perdi meu apartamento. Não sabia para onde ir, e então Victoria sugeriu que eu alugasse o chalé por um tempo, até decidir que novos rumos eu daria à minha vida. Quando ouvi a sugestão, achei que a ideia era boa.

Garrick não disse nada.

Em silêncio, Leah reviu mentalmente os últimos minutos da conversa. Depois, lentamente, ergueu os olhos para fitá-lo.

— Não acredita no que estou dizendo. Por que não?

Ele não esperava tamanha objetividade e, quando Leah o encarou daquela maneira, revelando honestidade e vulnerabilidade, foi ele quem ficou confuso. Não podia revelar a verdade. Depois de resguardar sua identidade por quatro anos, não estragaria tudo agora fazendo uma acusação reveladora.

Por isso ele ergueu os ombros num gesto negligente.

— Não é comum uma mulher decidir vir morar aqui sozinha. Suponho que esteja sozinha.

Ela hesitou antes de responder:

— Sim.

E se houvesse um fotógrafo escondido em algum lugar por ali?

— Está mesmo sozinha?

— É claro que sim!

— Então, por que a hesitação?

Os olhos dela brilharam intensamente. Não estava acostumada a ter sua integridade questionada.

— Depois de passar a vida inteira em Nova York, é natural que eu hesite antes de fornecer certas informações a um homem que acabei de conhecer. É instinto.

— É desconfiança.

— Nesse caso, estamos empatados.

— Mas você ainda não respondeu.

— Victoria disse que você era um amigo. Confio no julgamento dela. E até trouxe uma carta que ela me pediu para entregar em suas mãos.

Ele estendeu a mão aberta. A expressão incrédula e um pouco debochada só fazia crescer a necessidade de se defender.

— Se a carta estivesse comigo, você já a teria — Leah respondeu irritada. — Ficou no meu carro, junto com minha bolsa e tudo que tenho no mundo.

— Exceto sua mobília — ele lembrou, deixando cair a mão sobre a coxa.

— Sim, exceto minha mobília.

— E você não pode voltar ao carro. Talvez não consiga ir até lá nos próximos dias. Vários dias. Está presa aqui. Comigo.

Leah balançou a cabeça, como se assim pudesse modificar a situação. Não que Garrick fosse repulsivo. Pelo contrário. Mas, embora houvesse um lado dele gentil e generoso, havia também outro lado mais cínico, e isso a amedrontava.

— Irei buscar a carta no carro mais tarde.

— A menos que pare de chover, você não vai a lugar algum.

— Preciso ir ao carro.

— Como?

— Da mesma forma que cheguei aqui. Andando. A menos que você me leve.

— Não é só uma questão de disposição. Não significa que eu não queira levá-la. O fato é que não posso levá-la. Você chegou aqui no início da temporada da lama, e nessa época ninguém se move! O mais sólido e estável dos veículos torna-se inútil. As estradas são intransponíveis. — Erguendo uma sobrancelha, ele coçou o queixo coberto pela barba curta. — Diga-me, como foi dirigir pela estrada até o chalé de Victoria ontem à noite?

— Um inferno.

— E caminhar do chalé de Victoria até o meu?

O olhar que ela lançou em sua direção foi eloquente.

— Bem, hoje será pior e amanhã ficará pior ainda. Nessa época do ano, a neve do topo da montanha derrete e a água desce a encosta, piorando a situação do solo, que já está encharcado. Quando começa a chover... é melhor esquecer.

Mas Leah não queria esquecer.

— Se formos andando até o carro, posso me sentar ao volante enquanto você empurra e...

— Não sou um guincho. Nem um guindaste. E, se quer mesmo saber, duvido que um desses equipamentos possa resolver o problema. Já vi veículos com tração nas quatro rodas ficarem atolados em estradas menos lamacentas e escarpadas que as trilhas na encosta desta montanha.

— Vale a pena tentar, não?

— Não.

— Victoria disse que você me ajudaria.

— Estou ajudando, não estou? Ofereci abrigo na minha casa.

— Mas não posso ficar aqui!

— Parece que não tem escolha, não é?

— Não pode querer que eu fique aqui!

— Eu também não tenho escolha.

Com um gemido abafado que sugeria impotência, Leah se levantou da mesa e caminhou até a janela, por onde olhou para a paisagem desoladora. Ele estava certo. Não tinha escolha. Sim, podia sair na chuva e caminhar de volta ao local onde o carro ficara atolado. Mas, se o que ele dizia era verdade, e Garrick estava em posição de saber o que dizia, só acabaria retornando ao lugar onde se encontrava agora. E voltaria molhada, suja, exausta e humilhada.

Não era isso que tinha em mente quando deixara Nova York!

Capítulo 3

Algum tempo mais tarde, Leah foi atraída pelo som de panelas na pia. Sentindo-se culpada, ela voltou à cozinha. Garrick já havia carregado a lava-louças, e ela pegou um pano para enxugar as panelas que ele ia lavando.

Trabalhavam em silêncio. Quando a última frigideira foi guardada, ela dobrou a toalha e a deixou sobre a bancada.

— Desculpe — disse em voz baixa. — Devo ter parecido ingrata, mas não sou. Aprecio o que fez por mim. É que... não era bem isso que eu havia planejado.

— O que havia planejado?

— Sol e ar puro. Um chalé só para mim. Muito tempo para trabalhar, ler e caminhar pela floresta. E cozinhar... — Ela arregalou os olhos. — Tenho comida no carro! Vou perder tudo se não puser os alimentos na geladeira!

— Lá fora está frio.

— Frio o bastante?

— Depende de que tipo de alimento você trouxe.

Leah teria feito um inventário, se adiantasse de alguma coisa, mas era inútil, e por isso ela soltou um suspiro exasperado. Garrick já havia estabelecido que não poderiam voltar ao carro tão cedo. Se a comida tinha de estragar... paciência.

— Essa é a primeira vez que penso em viver fora de Nova York, e enfrentar tantos contratempos é simplesmente algo irritante. Ainda não consigo entender por que Victoria me ofereceu o chalé.

Garrick tinha uma suspeita particularmente irritante. Inquieto, ele secou as mãos e foi para a sala. O sofá rangeu sob o seu peso, mas os protestos que soavam em sua mente eram ainda mais ruidosos.

Leah permaneceu onde estava por vários minutos, esperando que ele falasse. Percebia sua apreensão; a expressão carregada não deixava dúvidas quanto ao seu humor. E ele tinha o direito de estar perturbado. Um homem que escolhera a vida pacata e remota de um chalé solitário na montanha não merecia ter sua privacidade invadida de maneira tão brusca.

Por que ele havia escolhido essa vida? Garrick não era o tipo de homem que conversava muito. Ela também apreciava o silêncio, mas, mesmo assim, vivia bem na cidade. Garrick deixara a cidade, pelo que podia presumir. Afinal, seu discurso articulado e o gosto por certos luxos indicavam tendências da vida urbana. De qualquer maneira, não conseguia acreditar que um simples problema de moradia, como o que ela enfrentava, o enviara para o exílio. Na verdade, ele nem parecia viver no exílio; Garrick estava na montanha em caráter permanente. Viera para ficar. E ficaria.

Leah tirou proveito de sua contínua distração para examinar o chalé mais atenciosamente. Um grande cômodo retangular abrigava a lareira e a cama em paredes opostas, deixando espaço para o banheiro e o que parecia ser um armário. Janelas largas flanqueavam a porta da frente. Entre a porta, as janelas, a mobília e outros utensílios, havia estantes com livros, algumas menores, outras maiores, todas cobertas por volumes de todos os tamanhos.

Isso explicava, em parte, como Garrick ocupava o tempo. Mas agora ele não estava lendo. Estava sentado no sofá, como já fizera antes, olhando para a lareira apagada. Momentos antes estivera carrancudo, mas agora sua expressão sugeria algo indefinível. Solidão? Sofrimento? Confusão?

Ou ela estava apenas atribuindo nomes aos próprios sentimentos?

Sem querer pensar nisso, Leah olhou em volta, tentando encontrar algo para fazer. Começaria arrumando a cama.

E depois? Cama feita, não havia mais nada que precisasse de sua atenção. Tudo era limpo, organizado, perfeito.

Sem saber o que fazer, ela se aproximou da janela. A paisagem desolada e molhada só enfatizava o vazio que invadia seu peito.

— Qual é seu relacionamento com Victoria, exatamente? — Garrick perguntou. Assustada, Leah se virou e viu que ele a estudava.

— Somos amigas.

— Já disse isso. Quando a conheceu?

— No ano passado.

— Onde?

— Na biblioteca pública. Victoria pesquisava os aborígines da Nova Zelândia. Nós esbarramos uma na outra, literalmente.

— Aborígines... — ele sorriu. — O assunto combina com Victoria. Ela vai voltar a estudar Antropologia?

— Não exatamente. Ela ficou fascinada com um artigo que leu sobre os Maori e decidiu ir visitar a área. Ela se preparava para a viagem quando eu a conheci.

— E ela chegou a ir?

— À Nova Zelândia? O que acha?

Garrick achava que sim, e seus olhos revelavam a opinião, mas a mente se concentrou em Leah.

— E você? O que fazia na biblioteca?

— Gosto de trabalhar naquele espaço silencioso e claro. Às vezes, faço pesquisas para as palavras cruzadas; outras, só quero uma mudança de cenário...

— Então, tornou-se amiga de Victoria. Quantos anos você tem?

— Tenho 33.

— Pensei que tivesse 28... 29, no máximo. Mas, mesmo com 33, a diferença de idade é grande.

— Não é. E é isso que me encanta em Victoria. Ela é positivamente... amarantina.

— Amarantina?

— Vibrante, imorredoura, atemporal... Victoria tem 53 anos, sim, mas exibe um corpo de 40 e tem mente de 30. O entusiasmo é de 20, e o coração é de uma criança.

A descrição poderia ter sido feita por Garrick, se ele fosse capaz de se expressar tão bem. No auge da carreira, havia desenvolvido a capacidade de recitar as linhas de seu *script* expressando exatamente os sentimentos desejados pelo diretor. Mas nem toda a arrogância, e ele a tivera de sobra, o teria feito tentar escrever esse roteiro.

Então, Leah conhecia Victoria. E bem. Isso excluía uma possibilidade, mas ainda havia outra. Mesmo sabendo que poderia comprometer sua amizade com Victoria, Leah poderia ter decidido encontrar e entrevistar o homem que já havia feito pulsar o coração de todas as mulheres entre os 16 e os 65 anos de idade. Ou melhor, todas que costumavam assistir à televisão. Leah seria uma delas? Mesmo que tivesse ido à montanha na mais completa inocência, ela o teria reconhecido?

Ainda lembrava bem a preocupação que o dominava quando chegara a New Hampshire. Cada vez que saía para fazer compras, mantinha a cabeça baixa e os olhos fixos no chão. Esperava sempre pelos sussurros fatais, pelos gritinhos aflitos, pelas mãos que poriam papel e caneta sob o seu nariz.

De fato, não tinha a mesma aparência do homem cujo rosto estampara as telas de todas as televisões americanas semanalmente ao longo de sete anos. Seus cabelos eram mais longos, menos penteados, e havia desistido de colorir as mechas grisalhas que, durante algum tempo, ele havia considerado prejudiciais à sua boa aparência.

A barba também fazia diferença, mas, durante um tempo, receara que olhos mais atentos pudessem enxergar através dela e identificar o queixo tão elogiado por críticos e fãs. Vestia-se sem distinção, usando as roupas mais velhas que tinha. Acima de tudo, rezava para que a mera improbabilidade de uma megaestrela estar vivendo na montanha, no meio do nada, o protegesse contra uma eventual descoberta.

Com o passar do tempo e a ausência de sinais de reconhecimento, fora conquistando confiança. Passara a estabelecer contato visual. Mantinha a cabeça erguida.

Linguagem corporal. Esse era um assunto fascinante. Não era inocente o bastante para acreditar que apenas o medo do reconhecimento havia determinado a postura inclinada e acanhada do início. Não, agora mantinha a cabeça erguida por se sentir melhor a respeito de si mesmo. Aprendera a viver com a natureza, a respeitar-se como um ser humano de vida limpa.

Inflamado por essa confiança, ele a encarou.

— Conhece Victoria há um ano, mas sabe descrevê-la bem. Vocês devem ter passado muito tempo juntas.

— Sim.

— Socialmente?

— Se quer saber se eu frequentava muitas festas, a resposta é não.

— É casada?

— Não.

— Já foi?

— Sim.

— É divorciada, então? — Ela assentiu.

— Há muito tempo?

— Dois anos.

— Namora alguém?

— E você?

— Eu estou fazendo as perguntas.
— Já percebi. Só gostaria de saber por quê. Estou começando a ter a impressão de que estou sendo submetida a um interrogatório.

Ela soava ofendida. E parecia ofendida. Garrick sentia um surpreendente remorso, mas estava muito perto da resposta que desejava obter. Não podia desistir. Mas suavizou o tom.

— Acompanhe meu raciocínio. Há um motivo para tudo isso.

— Ah, sim. Quer me fazer fugir correndo. Creia, meu caro, eu já teria ido embora, se pudesse. Sei que não gosta da ideia de ter sua casa invadida por uma estranha, mas você também é um estranho para mim, e sou mais uma refugiada do que uma invasora. Se acha que aprecio esta situação, deve estar doido, porque...

Ela olhou em volta. — Tem papel e lápis?

— O quê?

— Se não anotar agora, vou acabar esquecendo.

— Anotar o quê?

— A ideia. Doido, doideira, ter um parafuso a menos... é perfeito como tema de palavras cruzadas. Tem papel?

Confuso, Garrick apontou para a cozinha.

— Segunda gaveta à esquerda da pia.

Em segundos, ela rabiscava frases que já havia falado em voz alta, acrescentando várias outras à lista antes de erguer os olhos. Leah arrancou a folha do papel e a guardou dobrada no bolso da camisa. Depois guardou bloco e lápis na gaveta e sorriu.

— Onde estávamos?

Garrick nem tentou combater o sentimento confortável e quente que se aninhava em seu peito.

— Tem sempre isso?
— O quê? Esse impulso de anotar ideias? Sempre.
— Cria mesmo palavras cruzadas?
— Também não acredita nisso?
— Bem, nunca pensei que as pessoas tivessem mesmo esse tipo de trabalho...
— Alguém tem de fazer essas coisas.
— Sim, eu sei... Tem razão.

Tentando imaginar quanto tempo ele passaria imerso em seu mundo privado desta vez, Leah caminhou até a estante mais próxima de onde estava. Havia ali uma coleção variada de livros, a maioria de ficção, títulos que haviam estado na lista de *best sellers* nos últimos anos. Eram quase todos volumes encadernados, e podia ver as folhas mais escuras nos locais onde mãos firmes haviam segurado o livro. Era uma imagem reveladora. Garrick lia tudo que comprava, e adquiria sempre o melhor e o mais caro, em vez de esperar pelas edições mais baratas que acabavam inundando o mercado depois do furor do lançamento.

Ele não era pobre. De onde tiraria dinheiro?

— Deve ser difícil encontrar as palavras certas e o encaixe perfeito. E ainda produzir as dicas mais adequadas...

Leah levou um instante para compreender que ele falava sobre palavras cruzadas. E sorriu.

— É um desafio — admitiu.
— Eu jamais conseguiria...

— Eu também não seria capaz de fabricar armadilhas, capturar animais e matá-los.

— Foi isso que Victoria disse que eu faço?

— Ela disse que você é um... armador de laços. A elaboração foi minha.

— O que mais Victoria contou sobre mim?

— Apenas o que eu já disse, que você é um amigo de confiança. Para ser honesta, esperava encontrar alguém... diferente. — Ele ergueu uma sobrancelha.

— Alguém mais velho. Mais rabugento. Quando Victoria me entregou o envelope, perguntei a ela se o conteúdo era uma carta de amor.

— Como sabe que não era?

Pensando bem, não sabia. Ela o encarou. Garrick sorriu.

— Não era. Somos apenas amigos. Até agora, pelo menos.

— O que quer dizer?

— Ela a mandou aqui. Estou começando a pensar que isso pode ter sido um gesto... deliberado.

— Pode ser mais claro?

— Bem, você mesma me disse que nunca foi às festas de Victoria. Já teve oportunidade de estar com ela em contextos sociais?

— Saímos sempre para jantar.

— Só as duas? Ou com mais alguém? Homens, talvez?

— Não.

— Ela já fez algum comentário sobre esse assunto?

— Não foi necessário. Sei que ela tem muitos amigos. Mas Victoria amava Arthur e não pretende se casar novamente.

Ela nunca sofre por falta de acompanhante quando a ocasião assim exige.

— E você? Nunca sai com ninguém?

— Não se eu puder evitar.

Garrick sentia que estava cada vez mais próximo de seu objetivo.

— Victoria nunca tentou convencê-la a mudar de atitude?

— Bem, ela diz que sou muito... seletiva. Acha que eu deveria abrir mais meu leque de possibilidades. Ela está sempre tentando me aproximar de alguém, algum homem... e eu sempre rejeito essas tentativas.

— Ah... Era o que eu temia.

— Temia? O que quer dizer?

— Ela já fez isso comigo. Mais de uma vez.

— Isso o quê?

— Tentou me aproximar de outras pessoas. Mulheres. Aqui é mais difícil, mas isso não a deteve. Victoria está convencida de que alguém que nunca experimentou o que ela e Arthur viveram está perdendo o melhor da vida. Entende aonde quero chegar?

— Meu Deus! Ela fez tudo isso... de propósito!

— É o que parece.

— Ela não me falou sobre o incêndio, mas falou sobre você.

— Exatamente.

— Agora entendo... Victoria foi tão generosa! Não quis aceitar o pagamento adiantado do aluguel. Sugeriu que eu pagasse o que achasse justo depois de ver o imóvel...

— Muito astuta.

— Quando perguntei se o chalé era bem equipado, ela disse que era... na última vez em que havia estado nele.

— Ela disse a verdade.

— Por isso estava inquieta.

— Inquieta? Victoria?

— É incomum, eu sei, mas ela estava. Atribuí o comportamento a um instinto maternal latente. Agora sei que estava enganada. Era culpa. Pura culpa. E ela ainda teve a coragem de me lembrar que não haveria ar-condicionado ou telefone... a cobra!

Foi nesse momento que Garrick passou a acreditar em tudo que Leah dizia. Se ela tivesse começado a gritar e andar de um lado para o outro, teria duvidado da explosão de fúria. Teria considerado a possibilidade de um *script*, de uma cena ensaiada desprovida de sutileza.

Mas ela não gritava. Não andava de um lado para o outro. A raiva era revelada apenas pela rigidez da postura e pela respiração ofegante. Leah devia ser uma mulher de emoções contidas, controladas.

Por alguma razão estranha, a raiva de Garrick também era menos intensa do que teria esperado. Se soubesse antecipadamente dos planos de Victoria, teria ficado furioso. Mas não soubera, e Leah já estava ali, e havia algo naquele estresse sufocado que tocava seu coração.

De repente, diante de seus olhos, esse mesmo estresse se tornou mortificação. Vermelha, ela olhou rapidamente por cima de um ombro.

— Sinto muito. Ela não tinha o direito de forçar minha presença dessa maneira.

— A culpa não é sua...
— Mas você não devia estar sendo obrigado a me acolher.
— A situação podia ser pior.
— A minha também.

Sem saber como agir diante do tom amistoso, Leah olhou novamente para a estante. Foi então que compreendeu toda a extensão de sua situação. Ela e Garrick haviam sido unidos pelo que Victoria planejara como uma espécie de poção de amor. Mas, se sua amiga havia contado com amor à primeira vista, ficaria desapontada. Leah não acreditava em amor à primeira vista. Não sabia nem se acreditava em amor, já que ele só lhe trouxera sofrimento no passado, mas isso era passado. Não conhecia Garrick Rodenhiser. Falar em amor era algo totalmente impróprio.

Atração à primeira vista, talvez... Sim, isso era considerável. Não podia negar que Garrick a atraía fisicamente. Nem mesmo a pose desleixada podia disfarçar a elegância natural, a graça de cada movimento. O rosto, a barba, a força dos ombros, tudo nele falava de solidez; só sendo cega para não ver. Só estando morta para não reagir a isso.

— Eu não queria isso — ela gemeu constrangida.
— Eu sei que não.
— Sinto-me... Você deve estar se sentindo... humilhado.
— Confesso que é tudo um pouco estranho, mas é só isso.
— Eu aqui usando suas roupas de baixo...
— Pode se vestir, se quiser.

Essa seria a atitude mais sensata. Talvez, quando estivesse usando as próprias roupas novamente, pudesse se sentir menos vulnerável, menos exposta...

Aproximando-se da secadora, ela pegou suas coisas e as colocou dobradas sobre um braço. Porém, ao tocar o suéter, descobriu que ainda estava úmido.

— Aqui — Garrick disse atrás dela. Ele oferecia um dos próprios pulôveres. — Limpo e seco.

Leah o aceitou com uma rápida palavra de gratidão e foi buscar refúgio no banheiro. Quando saiu, Garrick se ocupava da lareira. Só então ela se deu conta de que, embora o fogo houvesse se extinguido durante a noite, o chalé ainda mantinha uma temperatura acolhedora.

— Como consegue resolver problemas de aquecimento e eletricidade? — perguntou curiosa.

Ele acrescentou uma última tora de madeira à pilha e pegou a caixa de fósforos.

— Há um gerador no fundo do chalé.

— E comida? Se não consegue ir ao armazém com esse tempo...

— Providenciei um bom estoque na semana passada. Qualquer um que já tenha enfrentado uma temporada de lama sabe como deve se preparar. O freezer está cheio, e os armários também. Há poucos dias saí para comprar alimentos frescos, mas o bacon que comemos no café foi o último, pelo menos por algum tempo.

Ele ainda teria bacon, se não a tivesse alimentado. Mas Leah não expressou o sentimento de culpa; não havia nada mais incômodo do que uma pessoa se desculpando constantemente.

Garrick se levantou da frente da lareira e a encarou, mas logo se arrependeu. Ela usava seu suéter. Era largo demais, certamente, e Leah havia enrolado as mangas, mas o decote caía sobre os ombros e os seios de maneira sugestiva. Ela era adorável. E se mostrava insegura.

Ele apontou para o sofá. Com um sorriso tenso, Leah se acomodou em uma das extremidades, sentando-se sobre as pernas. Foi quando ele notou o rasgo em sua calça.

— Como vai a perna?
— Melhorando.
— Trocou o curativo?
— Não.
— Mas examinou a ferida embaixo dele?
— Não. Eu teria percebido se houvesse algum tipo de secreção sob a gaze. Não há nada.

Garrick percebeu que Leah nem havia olhado a região da ferida. Ou era aflita demais para isso, ou o corte não a incomodava a ponto de chamar sua atenção. Queria saber qual dessas alternativas correspondia à realidade.

Sentado ao lado dela, ele afastou o tecido em torno da fenda aberta na calça.

— Já disse que está tudo bem. Francamente...

Mas Garrick já removia a gaze.

— Não é o que parece — disse sério. — E deve doer muito. — Com cuidado, ele tocou a pele em torno da região vermelha e inchada. Leah conteve um gemido, confirmando suas suspeitas. — Devia ter sido suturada, mas o hospital mais próximo fica a mais de cem quilômetros daqui. Não teríamos conseguido nem sair da montanha.

— Não está sangrando. Por que a preocupação?
— Vai ficar com uma cicatriz.

— Que importância tem mais uma marca?
— Por quê? Já tem outras?
— Sim, mas só uma visível a olho nu. Sofri uma cirurgia de apêndice aos 12 anos.

Podia imaginar o desenho do ventre em torno dessa cicatriz. Plano, suave, macio... Sentindo o sangue se aquecer nas veias, ele tentou imaginar a cicatriz cortando a pele acetinada, mas não conseguia criar a cena. Também não conseguia desviar os olhos dos dela.

Dor e solidão. Era o que via. Ela piscou uma vez, como se quisesse apagar tais sentimentos do olhar, mas eles persistiam, desafiando seu autocontrole.

Garrick via, ouvia, sentia. Queria fazer perguntas, contar coisas, compartilhar a dor e aliviar o peso do fardo. Queria estender a mão.

Mas não fez nada disso.

Pelo contrário. Ele se levantou e caminhou para longe do sofá, retornando momentos depois com um tubo de pomada e bandagens limpas. Quando terminou o curativo, Garrick guardou novamente o estojo de primeiros socorros no armário, pegou um agasalho e uma capa de chuva no closet, calçou um par de resistentes botas de trabalho e saiu, apesar da tempestade.

Leah ficou olhando para a porta, e só depois de alguns instantes percebeu que tremia. Não entendia o que acabara de acontecer ali, como também não entendia o que havia acontecido na noite anterior. Os olhos dele haviam refletido cada uma de suas emoções. Garrick podia saber o que ela sentia?

Em um nível mais mundano, estava confusa com a partida repentina, intrigada com o paradeiro de seu anfitrião. Aonde ele poderia ter ido com toda aquela chuva? Algum tempo mais tarde, ela teve a resposta. Um som distinto e de fácil reconhecimento soou paralelamente ao da chuva sobre o telhado. Ela foi até a janela e olhou para fora. Garrick estava do outro lado da clareira, cortando lenha sob um abrigo primitivo e improvisado.

Sorrindo da imagem do homem do campo em ação, ela retornou ao sofá. Os olhos estavam fixos no fogo, mas os pensamentos ficaram lá fora. Pensava nas mãos daquele homem, mãos calejadas com dedos longos e fortes, mas capazes de imensa gentileza. Richard nunca a tocara desse jeito, apesar de, na condição de seu marido, tê-la tocado com maior intimidade.

Mas havia toques e toques, alguns meramente físicos, outros cheios de emoção. Havia algo em Garrick... algo em Garrick...

Perturbada com a incapacidade de encontrar respostas para as próprias perguntas, e elas eram muitas, Leah buscou distração em um dos livros que vira antes na estante. Pura determinação a fez mergulhar na história, e foi assim que Garrick a encontrou ao retornar, algum tempo mais tarde.

Carregando muitas toras de madeira, ele descalçou as botas à porta, deixou o fardo no cesto ao lado da lareira e despiu a capa impermeável.

Leah nem precisou perguntar se ainda chovia. As botas que ele deixara ao lado da porta estavam sujas de lama; a capa de chuva pingava.

Ela voltou ao livro.

Garrick também escolheu um volume e sentou-se.

Por um momento, ela sentiu o frio trazido pelo dono da casa. A sensação tocou seu rosto, o braço e a perna mais próximos dele. Mas o fogo logo baniu a sensação.

Ela continuou lendo.

— Está gostando? — Garrick perguntou depois de algum tempo.

— É muito bem escrito.

Ele assentiu e baixou os olhos para as páginas entre suas mãos.

Leah virou várias páginas antes de perceber que ele permanecia na mesma. Mas estava concentrado em alguma coisa...

Virando a cabeça, tentou enxergar o cabeçalho no topo da página. Estava começando a pensar se não seria hora de retornar ao oftalmologista, quando ele explicou:

— É latim.

— Está brincando...

— Não.

— Você estuda latim?

— Ainda não.

— Mas...

— Estou apenas começando.

Mais perguntas o distrairiam, e não era essa sua intenção. Por isso Leah retomou o livro que estivera lendo. Estudar latim? Que estranha atividade para um caçador. Mas não era algo tão estranho para um homem com um passado diferente. Teria adorado perguntar sobre seu passado, mas não encontrava uma abertura para isso. Ele não encorajava a conversa. Sua presença já era uma invasão. Quanto menos o importunasse, melhor.

Leah retomou a leitura e conseguiu concluir vários capítulos antes de ser interrompida pela voz dele.

— Está com fome? — Agora que ele mencionara o assunto...

— Um pouco.

— Quer almoçar?

— Se eu puder preparar a refeição...

— Não pode. — Aquela era sua casa. Sua geladeira. Sua despensa. Considerando os pensamentos que lhe passavam pela mente desde a chegada dessa mulher, precisava sentir-se no comando de alguma coisa ali. — Isso significa que não vai comer?

— Agora você me colocou num beco sem saída, não é? — ela sorriu.

— Exatamente.

— Eu vou comer.

Fazendo o possível para não rir, Garrick abandonou a leitura e foi preparar o almoço. Apesar de todo o tempo que passara lá fora, gastando energia, ainda estava furioso com Victoria. Mas era difícil se aborrecer com Leah. Ela era inocente, apenas um peão no tabuleiro de Victoria, como ele, e parecia estar igualmente incomodada com a situação. Mas ela era uma boa esportista. Conduzia-se com dignidade. E ele a respeitava por isso.

Nenhuma das mulheres que ele conhecera no passado teria enfrentado essa situação com a mesma elegância. Linda Prince teria ficado lívida com a ideia de alguém a manter isolada em um bangalô na montanha. Mona Weston teria entrado em desespero sem um telefone para se manter constantemente em contato com o agente. Darcy Hogan teria vasculhado suas gavetas em busca de roupas que pudessem realçar seus atributos. Heather Kane teria gritado, exigindo que ele fizesse parar de chover.

Leah Gates aceitara seu suéter com gratidão, encontrara um livro para ler e esperava paciente por uma solução que, eles sabiam, só viria com o tempo.

O que o deixava ainda mais curioso sobre essa mulher. Gostaria de saber o que havia acontecido com seu casamento e por que ela não se envolvera com mais ninguém. Imaginava se ela tinha família, sonhos para o futuro. Ficava se perguntando se a solidão que via nos olhos dela de vez em quando estava relacionada ao isolamento do cenário da montanha. Não apostaria nisso. De alguma maneira, considerava que essa solidão devia ser mais profunda. Sentia-a em si mesmo.

O almoço consistiu em sanduíches de presunto e queijo em pão de centeio. Leah não pediu uma faca para cortar o dela ao meio. Não reclamou da maionese que ele espalhou no pão generosamente por força do hábito, ou da alface e do tomate que davam volume ao lanche e o tornavam escorregadio. E ela bebeu todo o leite em seu copo sem tecer comentários tolos sobre as propriedades do cálcio e a grande utilidade das vacas. Quando terminou de comer, Leah simplesmente levou os dois pratos para a pia, limpou-os e colocou-os na lavadora, depois voltou ao sofá para ler.

No meio de uma tarde muito tranquila, Garrick não se concentrava muito no latim, porque continuava pensando na mulher acomodada na outra ponta do sofá. O livro continuava aberto sobre as suas pernas flexionadas, mas a cabeça repousava sobre o apoio lateral. Ela dormia. Silenciosamente. Doce.

Sentia por ela. A viagem que fizera no dia anterior, a caminhada pela floresta... Ela estava exausta. A constatação o fez reviver a fúria contra Victoria. Ela não tinha o direito de expor a amiga a circunstâncias tão adversas. Por outro lado, Victoria não sabia sobre a temporada da lama. Só os habitantes da montanha tinham conhecimento do fenômeno. Agora que pensava nisso, lembrava que a amiga só estivera em seu chalé nas estações mais propícias: final de primavera, verão e começo de outono.

Conheceram-se em uma dessas viagens de verão, e mesmo então, sem conhecê-la, ele havia perguntado o que a levara até ali. A mulher era obviamente uma criatura da cidade. Não caçava, não fazia caminhadas pelas trilhas locais, não plantava nos canteiros atrás do chalé. Lembrava-se claramente da resposta de Victoria. Ela o fitara nos olhos e dissera que o chalé a fazia sentir que estava mais perto de Arthur. Sem explicações ou desculpas. Sem truques para conquistar sua simpatia. Apenas uma afirmação honesta e direta, uma declaração factual, uma atitude que estabelecera as bases de força e sinceridade sobre as quais fora erigido o relacionamento.

Sim, sabia que ela não havia sido completamente honesta ao mandar Leah para o chalé que não existia mais. Porém, Garrick não tinha dúvida das boas intenções de Victoria ao aproximá-los. O que o confundia e irritava era que ela devia ter pensado melhor antes de agir dessa maneira. Já haviam discutido no passado. Julgava ter revelado o suficiente sobre si mesmo e seus sentimentos para se fazer claro. Por que ela se comportava como se algo tivesse mudado?

Houve um tempo em que Garrick fora um homem da cidade. Vivera num ritmo frenético e sem limites. As únicas coisas que temera naquele tempo foram o anonimato e a obscuridade. Ironicamente, esse mesmo medo o levara a ser mais frenético e ter menos limites, até destruir a carreira e quase acabar com ele mesmo. Fora então que se retirara do mundo, buscando refúgio em New Hampshire.

Agora, temia tudo que no passado tanto havia valorizado. Temia a fama, por ser fugaz. Temia a glória, por ser superficial. Temia as multidões, por terem o poder de despertar o que existia de pior na natureza humana, a necessidade de supremacia e dominação mesmo nos níveis mais mundanos.

Estava farto de competição. Mesmo depois de quatro anos afastado desse mundo, ainda lembrava com terrível clareza daquele sentimento de inquietação, da incapacidade de aquietar-se e relaxar por medo de ser superado. Não suportava a ideia de ter de ser o mais rápido, o mais implacável, o mais produtivo. Não queria ter de se preocupar com a própria aparência. Não queria mais ter de ver aqueles atores mais jovens e ansiosos esperando aflitos por suas falhas. E não queria ver as mulheres grudadas nele como aranhas em suas teias, sugando-o até encontrarem outro inseto mais doce e suculento.

Ah, sim, sabia tudo que não queria. Tomara uma decisão racional e deliberada quando deixara a Califórnia. O mundo do brilho e do glamour ficara para trás, como o estilo de vida que o fizera subir dolorosamente por uma escada precária. A vida que tinha agora era livre de tudo isso. Era simples. Limpa. Confortável. Era o que ele queria.

Então, por que sentia-se ameaçado pela presença de Leah?

Ele percebeu que ela acordava. Lentamente, estendeu uma perna até a sola de seu pé entrar em contato com a coxa de Garrick. Podia sentir o calor e a pressão. Via uma das mãos apoiada suavemente sobre seu ventre plano. Viu quando ela virou a cabeça, como se tentasse identificar a natureza do travesseiro, depois abriu os olhos lembrando onde estava.

Ela olhou em sua direção. Garrick não piscou. Devagar, Leah se sentou, pegou o livro e baixou os olhos.

Ela representava uma ameaça, mas não perturbava sua paz. Ela mesma era tranquila, quieta, resignada. Não, a ameaça não era física. Era emocional. Olhava para ela e via calor humano e companheirismo, exatamente as coisas que faltavam em sua vida. Julgara poder viver sem elas. Agora, pela primeira vez, não tinha tanta certeza disso.

Leah também estava pensativa. Silenciosa, ela deixou o livro de lado e caminhou até a janela. A chuva continuava caindo intensa, lembrando uma pesada cortina cinzenta e densa. Imaginava que o clima permaneceria inalterado até o fim do dia, pelo menos. Mas, mesmo quando parasse de chover, não poderia partir imediatamente. Restaria a lama, e se essa era a estação do lodo, talvez tivesse de ficar ali por algum tempo.

Com os cotovelos apoiados no parapeito da janela, ela segurou o queixo com as mãos e ficou olhando para fora. Podia estar em situação pior, como dissera antes. Garrick

Rodenhiser não era má companhia. Podia ler, como fazia em casa. Se tivesse seus dicionários e glossários à mão, estaria trabalhando, como fazia em casa. Se o padrão de atividade desse primeiro dia servia de indicação, poderiam cuidar cada um de suas coisas sem importunar o outro.

O único problema era que ele a levava a pensar em coisas nas quais não pensava quando estava em casa. Coisas nas quais não pensava há anos.

Nove anos, para ser exata. Tinha 24 quando, aluna do curso de graduação em inglês, conhecera Richard Gates e se casara com ele. Na época, sonhava com amor e felicidade, e nunca havia duvidado de que Richard compartilhasse esses sonhos. Ele tinha 26 anos quando se casaram e estava se estabelecendo no mundo dos negócios. Ou ela pensara que fosse assim. Rapidamente, descobrira que não havia nada de "estabelecido" em Richard e em sua visão de negócios. Ele dizia estar a caminho do topo, e para chegar lá teria de se esforçar muito, lutar com muita vontade. Um dos aspectos a serem temporariamente sacrificados era a vida doméstica. Richard passava todo o tempo no escritório, em viagens de negócios e em eventos sociais relacionados à carreira. Em algum momento desse trajeto, o amor e a felicidade foram perdidos de vista.

Leah concluíra o curso, mas desistira de lecionar, é claro. Uma esposa profissional não se adaptava ao conceito de Richard e à sua vida de executivo. Por desespero, ela começara a criar palavras cruzadas, o que fazia muito bem, o que gostava de fazer. O mercado era amplo e carente, e seu talento havia sido rapidamente reconhecido. Ter uma carreira flexível aliviara parte da frustração que a atormentava na época.

Talvez tudo fosse diferente se os bebês tivessem nascido. Por alguma razão, duvidava disso. Richard teria seguido sua vida se dedicando ao trabalho que amava, às viagens e às festas. E por que não? Ele era bom naquilo. Havia nele um carisma que atraía as pessoas. Sem considerar essa questão dos filhos, ela e Richard pertenciam a mundos distintos.

Mas agora ela voltava a pensar em amor e felicidade. Pensava na vida que tivera em Nova York desde o divórcio. Tudo parecia muito bom, confortável e compensador... até então.

Garrick a afetava. Ele a fazia pensar que havia algo de errado com essa vida solitária de Nova York por ela ser... solitária. Vê-lo, sentar-se ao lado dele no sofá, sentir aquele olhar penetrante... enfim, estar com ele a fazia sentir que perdera coisas importantes. Ele a fazia reconhecer a própria solidão. E despertava nela o anseio por algo mais além do que tinha.

Seria por estar em um lugar desconhecido? Por ter tido sua vida virada de cabeça para baixo? Por não saber para onde iria a partir dali?

Ele a fazia pensar no futuro. Sim, provavelmente voltaria a Nova York, onde provavelmente encontraria outro apartamento. Trabalharia, encontraria os amigos, visitaria restaurantes, museus e parques. Faria o que sempre havia considerado tão confortável. Por que, então, de repente tinha aquela estranha sensação de vazio?

Com um suspiro que revelava confusão, ela voltou ao sofá, mas leu pouco nas horas seguintes. De vez em quando, sentia os olhos de Garrick nela. De vez em quando, olhava para ele. Era uma presença ao mesmo tempo confortável e inquietante.

Ele a fazia sentir-se menos solitária por estar ali, por ajudá-la, por ela saber que poderia contar com seu apoio, caso algo acontecesse. Mas aumentava essa sensação de solidão por estar ali, por lembrar com o poder de sua presença silenciosa tudo que um dia ela havia desejado, tudo de que tanto sentira necessidade.

No final da tarde, Garrick saiu novamente. Dessa vez, Leah não conseguia imaginar com que propósito ele deixava o chalé. Sozinha, ficou andando pelo local com uma inquietação que não conseguia explicar, tomada por sentimentos mesclados que a intrigavam e atormentavam.

Algum tempo depois, ele voltou e começou a preparar o jantar. Mais uma vez, recusou sua oferta de ajuda. Comeram em silêncio, trocando olhares fortuitos e desviando os olhos quando esses se encontravam inadvertidamente. Depois da refeição, eles voltaram para perto da lareira. Dessa vez, apesar de não contar com o apoio de seus dicionários, Leah decidiu trabalhar esboçando enigmas simples. Garrick entalhava pedaços de madeira.

Leah gostaria de saber o que ele entalhava, como havia aprendido aquela arte e com que finalidade a desenvolvia... mas não fez perguntas.

Enquanto trabalhava na tarefa simples, ele imaginava como Leah começava um enigma, como escolhia que palavras combinar, o que fazia quando não conseguia cruzá-las... mas não fazia perguntas.

Às 10h da noite ela se sentia cansada, frustrada e irritada. Amassando uma folha de papel na qual havia criado algo indigno de ser arquivado, jogou a página ao fogo, depois foi tomar um banho, vestiu as roupas íntimas que usara na noite anterior, perfeitas como pijamas, e deitou-se no mesmo lado da cama onde havia dormido.

Às 10h30, Garrick se sentia cansado, frustrado e irritado. Jogando ao fogo um pedaço de madeira no qual havia entalhado algo indigno de ser guardado, ele apagou as luzes, despiu-se, mantendo apenas as roupas íntimas, e deitou-se em seu lado da cama.

Ficou deitado de costas, completamente acordado. Pensava em Los Angeles, naquele dia, vários meses antes de sua partida, no qual finalmente localizara seu agente. Timothy Wilder o estivera evitando. Não atendia o telefone, nunca estava no escritório quando Garrick ia procurá-lo. Mas, finalmente, Garrick o localizara no *set* de um filme para a tevê, onde outro de seus clientes estava trabalhando. Não que encontrá-lo houvesse tido alguma utilidade para Garrick. Wilder mal reconhecera sua presença. O diretor e a equipe de filmagem, com os quais já havia trabalhado anteriormente, nem se deram ao trabalho de cumprimentá-lo. O cliente de Wilder, astro do show, nem olhara em sua direção. E a mulher que, seis meses antes, havia jurado amá-lo, afastara-se de cabeça erguida, dando-lhe as costas. Nunca se sentira tão sozinho em sua vida.

Leah também estava deitada de costas, totalmente acordada. Pensava em uma das últimas festas a que comparecera na condição de esposa de Richard. Fora um evento beneficente de gala, e ela se empenhara para ter uma aparência impecável. Richard nem notara. Os outros convidados nem notaram. Por algum tempo, Richard a levara de grupo em grupo, mas depois a deixara conversando com uma senhora de 80 anos. Nunca se sentira tão sozinha em sua vida.

Garrick continuava olhando para as vigas do teto. Pensava nos dias que se seguiram ao acidente, nas três longas semanas que passara no hospital. Ninguém fora visitá-lo. Ninguém enviara cartões ou flores. Ninguém telefonara para desejar pronta recuperação ou para confortá-lo. Assumira toda a culpa por sua queda e sabia que não merecia solidariedade, mas teria apreciado um pouco de consolo. Um pouco de compreensão. O fato de não ter recebido nada disso representara um grande sofrimento. O golpe final.

Leah também olhava para as vigas. Pensava nas horas que passara no hospital depois do aborto do segundo bebê. Richard fora visitá-la, como era sua obrigação de marido e pai, mas ela passara a detestar essas visitas, porque cada vez que o via lia em seus olhos a opinião do marido a seu respeito. Ele a considerava um total fracasso. E ela se sentia um fracasso, apesar de todos os médicos atestarem que nada teria podido fazer para evitar o aborto. Se os pais estivessem vivos, teriam ficado a seu lado. Se tivesse os próprios amigos, pessoas que gostassem dela de verdade, não de sua posição ou de sua aparência, talvez não se sentisse tão vazia. Mas os pais haviam morrido, e os "amigos" eram de Richard. O sofrimento e a tristeza haviam sido suas únicas companhias.

Garrick respirou fundo. Sentia Leah a seu lado, ouvia sua respiração irregular. Devagar, com grande cautela, ele virou a cabeça sobre o travesseiro.

O chalé estava escuro. Não podia vê-la. Mas ouviu o ruído abafado quando ela virou o rosto em sua direção.

Ficaram assim por alguns momentos. Havia tensão entre eles, um fio condutor invisível que transportava carências e anseios, emoções pulsantes que vibravam. Ambos se continham, lutando contra o magnetismo que os atraía um para o outro, mas era inútil. Travar essa luta feroz contra uma força muito mais poderosa... Era uma luta perdida.

Não houve a questão de quem fez o primeiro movimento. Foi uma decisão simultânea. Os corpos se uniram, porque as mentes já estavam unidas. Os braços se enlaçaram. As pernas se enroscaram.

Eles se abraçaram. Silenciosamente. Um encontro de almas.

Capítulo 4

Leah fechou os olhos e mergulhou na força de Garrick. Ele era quente e vibrante, e a maneira como a abraçava confirmava que também ansiava pela intimidade que ela tanto queria.

Ela suspirou de alívio, alegria e prazer. O corpo de Garrick era uma maravilha. Longo e firme, encaixava-se perfeitamente no dela. Richard nunca se esforçara para acomodar ninguém, nem no aspecto físico, nem no emocional. O fato de Garrick, alguém que mal a conhecia e que não tinha nenhum tipo de dever para com ela, se empenhar tanto para deixá-la confortável e feliz era algo que preferia nem analisar.

Não que estivesse se esforçando para isso. Ocupava-se absorvendo todo o conforto que ele oferecia, por isso preferia não pensar em nada exceto prolongar aquela sensação.

Garrick também se sentia inundado por sensações gratificantes. Sentia Leah dos pés à cabeça e bebia de sua suavidade como se houvesse sobrevivido a um prolongado período de seca. E havia sido assim, de certa forma. Desde o nascimento.

Tivera pais maravilhosos, mas profissionais, pessoas dedicadas às suas carreiras e sem tempo ou afeto para dar ao filho. Teria nascido com essa carência de proximidade física? Teria nascido com essa necessidade de tocar e ser tocado? Talvez isso explicasse por que buscara as mulheres desde o instante em que passara a ter algo a oferecer. Mas isso não o saciara inteiramente, porque, mesmo aos 14 anos, fora ambicioso. Buscava sempre algo maior e mais elevado, nunca se contentando com o que tinha, nunca apreciando as próprias conquistas.

Até agora. Ter Leah Gates nos braços despertava uma medida de saciedade e plenitude que nunca havia experimentado antes. Ele passava a mão por suas costas. Friccionava a perna na dela, aspirava seu cheiro e aumentava a pressão do peito musculoso contra os seios arredondados.

Ela precisava dele. Os sons suaves e ronronantes que emitia de tempos em tempos eram a prova disso. Precisava dele, mas não para adicionar seu nome a uma longa lista de conquistas, ou para tirar proveito de sua imagem e alavancar uma carreira estagnada, ou para desfrutar de seu dinheiro. Ela não sabia quem ele era e quem havia sido, mas, ainda assim, precisava dele. Dele.

O som que brotou de seu peito falava de alegria e gratidão.

Por muito tempo, ficaram ali abraçados em silêncio. O contato era um bálsamo que curava, amenizando lembranças de um passado de dor e tristeza. Não havia nada além do presente, e ele era tão satisfatório que nenhum dos dois queria perturbá-lo.

Ironicamente, o que perturbava era justamente o consolo que esse presente trazia. Porque, com a remoção da sensação de vazio, apresentava-se agora uma nova consciência. Leah foi tomando conhecimento dela gradualmente. Era um agradável aroma masculino e almiscarado penetrando em suas narinas, os cabelos acetinados entre seus dedos, os músculos que se flexionavam sob um braço. De sua parte, Garrick registrava uma fragrância limpa e feminina, a delicadeza das curvas que as mãos exploravam, o calor que emanava de partes perigosamente próximas de sua intimidade.

Não havia pensado em sexo quando a tomara nos braços. Desejava apenas abraçá-la e ser abraçado. Quisera, mesmo que por pouco tempo, desfrutar da proximidade de outro ser humano. Mas seu corpo era insistente. O coração começara a bater mais depressa, elevando a pressão sanguínea e enrijecendo a musculatura.

Nunca antes fora tomado por algo tão inesperado... ou desesperado.

Teria se contido, se Leah não houvesse começado a manifestar seu desejo por ele. As mãos escorregaram por suas costas e já se esgueiravam para baixo da camiseta térmica, tocando a pele febril. A respiração dela era ofegante. Os seios pareciam inchar contra o seu peito. Teria considerado tudo isso uma mera consequência do abraço, não fosse o movimento sutil, mas perceptível de seus quadris.

Ou seria ele que se movimentara? Suas mãos também exploravam a pele quente, mas buscavam a região inferior à cintura, mais especificamente a área arredondada e suave dos glúteos. A intimidade do contato alimentava um fogo que já era explosivo.

Precisava tê-la. Tinha de mergulhar nas profundezas desse corpo, porque temia esperar e perder a oportunidade.

Com mãos trêmulas, ele abriu os botões da camisa de flanela até a altura dos joelhos de Leah. Ela mesma se livrou da peça de roupa, enquanto ele ia se despindo também. A coxa de Leah já se erguia sobre a dele quando a penetração começou, e no momento em que ele a completou, unhas afiadas riscavam suas costas desde a cintura até a nuca, e ela gemia e suspirava.

Foi rápido e mútuo. Ele se movia depressa e profundamente. Ela o acompanhava em ritmo e em ardor. Ele conteve uma exclamação e ficou tenso. Ela engoliu em seco e estremeceu. Depois, os dois executaram juntos um último movimento, e os corpos explodiram em espasmos simultâneos. Totalmente envolvente. Absolutamente satisfatório. Quente, molhado e maravilhoso.

O coração de Garrick bateu acelerado por muito tempo depois disso. A respiração era arfante e o teria constrangido se Leah não ofegasse também. Ele pensou em se retrair, mas mudou de ideia, relutante em deixá-la quando se sentia tão satisfeito e contente. Por isso continuou onde estava, até começar a temer pelo conforto de Leah. Mas, quando tentou se mover, ela o impediu.

— Não! — murmurou, abraçando-o mais forte.

Foi a palavra mais doce que ele jamais ouvira depois de fazer amor. Não só manifestavam sua alegria em prolongar o contato, como também falavam de seus sentimentos relativos ao que tinham acabado de viver.

Eram palavras que o deixavam mais seguro. Não demonstrara grande habilidade como amante. Não dedicara tempo às preliminares, às carícias, à excitação da parceira. Não falara. Não tivera tempo nem para beijá-la. Mas a encontrara pronta.

Porque ela precisava dele. Porque não estivera com um homem por muito tempo. Porque havia sido mais do que sexo. E porque ela, também, sentira a singularidade desse encontro.

Garrick não disse nada quando sentiu os tremores que sacudiam seu corpo e percebeu que ela chorava.

Falou com as mãos, abraçando-a e usando a outra mão para afagar seus cabelos. Sabia por que ela chorava, e também sentia o que a afetava tanto. Mas sentia mais... uma necessidade de proteção que o levou a afagar os cabelos sedosos até que, cansada de chorar, ela adormeceu. Só então, Garrick também fechou os olhos.

Na manhã seguinte, Leah recobrou a consciência lentamente. A primeira coisa de que tomou consciência foi de um delicioso calor. Depois, enquanto se aconchegava melhor sob o edredom macio, descobriu que se sentia descansada. E satisfeita. Os membros estavam relaxados, quase lânguidos, mas havia uma plenitude dentro dela que não estivera ali antes.

Ao se dar conta de que estava nua da cintura para baixo, ela abriu os olhos.

Garrick estava sentado a seu lado na cama. Totalmente vestido. E a observava.

Sem saber o que dizer, ela se limitou a fitá-lo.

Com uma gentileza surpreendente, ele afastou uma mecha de cabelo que caía em sua testa, prendendo-a atrás da orelha de Leah.

— Tudo bem? — indagou. Ela assentiu. A voz dele era quase um sussurro.

— Não machuquei você?

Leah balançou a cabeça.

— Arrependida?

Ela respondeu em tom suave:

— Não.

— Que bom. Está com fome?

— Muita!

— Acha que seria capaz de comer panquecas?

— Sem dificuldade alguma.

Um sorriso pálido iluminou o rosto dele. Devia pôr os óculos para poder vê-lo melhor, mas não queria se mover.

— Que tal eu ir preparando a massa enquanto você se veste?

— Ótima ideia.

Ele tocou seu ombro suavemente por cima do edredom antes de se afastar para ir cumprir sua parte no acordo. Leah esperou até ouvir barulho na cozinha para fazer o mesmo. Movendo-se sob as cobertas, ela conseguiu encontrar e vestir as roupas íntimas. No banheiro, tomou banho e vestiu-se, depois voltou ao aposento principal, onde Garrick terminava de fritar as últimas panquecas.

— Melaço de verdade! — Leah exclamou ao se sentar. — Que luxo! — Sirva-se à vontade. — É bom demais para ser desperdiçado.

— Não há desperdício naquilo que é aproveitado de verdade. Além do mais, esse melaço é do ano passado. Mais um mês, e haverá muito mais para ser colhido lá fora.

Leah pegou o pote plástico e girou-o entre as mãos. Não havia rótulo.

— É caseiro?
— Inteiramente.
— Você mesmo prepara?
— Não. Não tenho o equipamento necessário.
— Pensei que só precisasse de uma vareta para cutucar uma árvore.
— É verdade, mas, se retirar a seiva de uma árvore e ferver o melaço até transformá-lo nessa calda mais densa, não terá o suficiente nem para duas panquecas.
— Ah...
— Exatamente. É preciso limpar muitas árvores, depois ferver essa seiva em grandes tachos. Há muitas pessoas nessa região que produzem o melaço dessa maneira. Eu compro o meu de uma família que vive do outro lado da cidade.
— Eles ganham a vida fazendo isso?
— Ganham dinheiro, mas não o bastante para se sustentar. A estação é muito limitada.

Ela assentiu, mas o que a deixava mais satisfeita não era a informação, e sim o fato de ele a ter proporcionado espontaneamente. Até então, haviam trocado poucas palavras. Ela sabia que, vivendo sozinho, Garrick não estava acostumado a conversar. Mesmo assim, durante o banho, Leah se perguntara se haveria incômodos períodos de silêncio entre eles, considerando o que acontecera na noite anterior. Não estava arrependida. Mas não perguntara a Garrick se ele lamentava o impulso.

A julgar por sua atitude relaxada, imaginava que não, e isso a agradava muito.

— Garrick?

— Mmmm?

— Só queria dizer... queria dizer... o que aconteceu ontem à noite... bem, nunca fiz nada parecido antes.

Ele engoliu o pedaço de panqueca que estivera mastigando.

— Eu sei.

— Sabe?

— Você é estreita. Não faz amor há muito tempo. Desde o divórcio?

Corada, ela assentiu.

— Queria me certificar de que sabia disso. Não quero que tenha uma impressão errada. Quero dizer, não me arrependo de nada do que fizemos, mas não sou o tipo de mulher que pula na cama com um homem depois de conhecê-lo há algumas horas.

— Eu sei.

— Nem estava desesperada por sexo.

— Eu sei.

— E não foi só porque você estava ali, ao meu alcance...

— Eu sei.

— Porque não acredito em casos, relacionamentos casuais...

— Eu sei.

Leah deixou o garfo sobre o prato e apoiou a testa em uma das mãos. O cotovelo estava sobre a mesa.

— Não é nada disso que eu quero dizer. Agora estou dando a impressão de ser uma mulher de princípios rígidos e de estar esperando algum tipo de compensação, mas também não é nada disso.

— Eu sei. Leah? Se não comer, as panquecas vão esfriar.

— Não sou nenhuma puritana. Também não sou viciada em sexo. É que ontem à noite senti necessidade de estar com você...

— Leah...

Ela desistiu de tentar explicar e começou a comer. Tudo que podia esperar era que ele entendesse o que estivera tentando dizer. Dava muita importância ao que ele pensava a seu respeito e, apesar de saber em parte que ele tinha conhecimento do que sentira na noite passada, outra parte dela não era tão confiante assim.

Confiança era algo de que carecia quando o assunto era relacionamento com o sexo oposto. Acreditara saber quais eram os anseios de Richard, e se enganara. Mas essa era apenas uma das razões pelas quais evitara os homens desde o divórcio.

Evitava-os por ser independente pela primeira vez na vida, e por apreciar essa independência. Evitava-os porque sempre detestara e sempre detestaria o ritual da corte, do namoro. Evitava-os porque nenhum dos homens que conhecera despertava seu interesse no sentido romântico. E evitava-os porque sabia bem o que um homem tinha em mente quando convidava uma mulher divorciada de 33 anos para sair.

Sim, importava-se com o que Garrick pensava a seu respeito, mas, antes disso, e agora mais do que nunca, importava-se com o que ela pensava sobre si mesma. Não era uma vadia. Não estava em busca de sexo fortuito. Gostava de pensar que era uma mulher de orgulho, uma mulher seletiva. Gostava de pensar que, quando fazia alguma coisa, agia induzida por um bom motivo.

Havia sido esse o caso na noite anterior. Desde o início, sentira uma grande afinidade com Garrick. Além de tudo que Victoria dissera, seus instintos haviam identificado que tipo de homem ele era. Não estava lidando com um playboy. Da mesma forma que Garrick soubera que havia muito tempo não fazia amor, sentira o mesmo nele. Nada no chalé sugeria uma presença feminina, mesmo que eventual. A urgência com que ele a penetrara e a rapidez do clímax também eram reveladoras.

E apesar do período de celibato, ele era um homem em sua plenitude, a encarnação da virilidade. O tipo de personalidade heroica e máscula que só se via nas telas dos cinemas.

Mas Garrick era um homem tridimensional, uma criatura capaz de gentileza e consideração. Foram essas qualidades que a atraíram no início. E eram, ironicamente, as mesmas qualidades que haviam provocado a enxurrada de emoções dentro dela, emoções que, em última análise, foram a razão de ter feito amor com ele.

Não havia sido apenas por ele estar ali. Se Garrick fosse cruel ou insensível, repulsivo de alguma maneira, jamais se teria deitado em sua cama, muito menos recebido seu corpo no dela, por mais profunda que fosse sua necessidade. Não, buscara conforto em seus braços por ele ser Garrick. Um homem que provavelmente poderia amar, se tivesse inclinação e tempo para isso.

Obviamente, não dispunha de nenhum dos dois elementos, e pensar no tempo a fez voltar ao presente.

— Ainda está chovendo, não é? — Acostumara-se ao som no telhado.

Garrick, que também terminava de comer, como ela, bebeu mais um gole de café.

— É, ainda.

— Sem nenhum sinal de trégua?

— Nenhum.

Não estava tão desapontada quanto deveria, e isso a fez sentir culpa. Apesar de tudo que acontecera, sua presença ainda era uma imposição na casa de Garrick.

— Não há nenhuma esperança de chegarmos ao carro? — ela perguntou.

Garrick encolheu os ombros e levantou-se para levar os pratos vazios à pia.

— Estava pensando em fazer uma tentativa mais tarde. Deve estar precisando de roupas, não é? Ele nada dissera sobre desatolar o automóvel ou livrar-se dela. Leah sorriu e, olhando para baixo, puxou o suéter volumoso.

— Não sei. Estou começando a me acostumar com isto. É confortável.

Garrick sabia que jamais se habituaria ao impacto provocado pela aparência daquela mulher em seu equilíbrio. Quando a vira pela primeira vez, julgara-a adorável. Agora, depois de ter sentido o imenso prazer de conhecê-la por dentro, literalmente, julgava-a sexy. E sentia-se atraído por Leah mesmo quando ela usava suas roupas íntimas térmicas. Quem poderia imaginar? E agora que descobrira todos os encantos de Leah, seu corpo se negava a esquecê-los.

Buscando refúgio na pia, ele começou a limpar pratos e utensílios com mais energia do que era necessário. O truque funcionou. Quando terminou de carregar a lava-louças, tinha sua libido sob controle. Não queria assustar Leah ou agir como se ela tivesse de pagar pela estada saciando seu impulso sexual. E nem era esse o caso, porque a urgência não estava ligada somente ao sexo, embora, depois da noite passada, tivesse maior inclinação para isso do que nos últimos anos.

A noite passada... fora uma noite muito especial. Fora sexo, mas não fora sexo. Havia sido um ato emocional, não físico, para o qual não tinha palavras adequadas de descrição. Se houvesse uma repetição, o elemento emocional estaria presente, mas haveria mais, e ele sabia disso. Sabia que dessa vez desejaria tocá-la e beijá-la. Dessa vez desejaria explorar seu corpo e conhecê-lo tão completamente quanto, de alguma forma, sentia conhecer sua alma. Sua mente... ah, essa era outra questão. Queria conhecê-la também, mas... provavelmente, essa não era uma decisão sensata. Quando o solo secasse, ela iria embora. E não queria sentir saudades.

Por isso retomou o silêncio com o qual convivera confortavelmente por mais de quatro anos. Não faria nenhuma das perguntas que gostaria de formular. Não queria saber detalhes sobre a personalidade e os hábitos de Leah Gates. Se não soubesse nada, seria mais fácil fingir que ela era fútil e aborrecida. Seria mais fácil convencer-se, quando ela partisse, que estava melhor sem ela.

Leah passou a manhã como o dia anterior. Terminou de ler um livro e começou outro. Enquanto lia, ia fazendo muitas anotações em um bloco de papel, registros que serviriam quando começasse a montar novos enigmas. Estava sempre interessada em mistérios e charadas, e o que mais chamava sua atenção nesse momento era Garrick.

Ele era um enigma. Sabia que eles tinham pelo menos uma necessidade em comum, e sabia, no geral, que tipo de homem ele era. As especificidades de sua vida diária, porém, eram um mistério, tanto quanto seu passado.

Mentalmente, ela ia esboçando um quebra-cabeça. O nome de Garrick estava impresso, como outros fatos pertinentes ao relacionamento com ele, mas precisava de mais informações para encontrar as palavras que completariam o diagrama.

Era final de manhã. Estavam sentados no sofá, cada um em seu canto. Garrick havia saído por um tempo, mas não para ir ao carro, conforme explicara posteriormente. A explicação terminara aí, e Leah não quisera pressioná-lo. A casa era dele. Ele podia entrar e sair quando quisesse. Mas estava curiosa, particularmente por ele ter retornado em menos de trinta minutos.

Depois de algum tempo em silêncio, ela tentou obter algumas respostas.

— Espero não estar impedindo você de fazer... suas coisas.

— Não está.

— O que estaria fazendo se eu não estivesse aqui?

— Em um dia como este? Nada.

E era exatamente isso que ele fazia agora. Estivera no galpão atrás do chalé, tentando trabalhar com cola e palitos de dente para concluir uma encomenda que recebera, certo de que a atividade seria terapêutica. Mas, se buscava terapia para parar de pensar em Leah, não havia funcionado. Nem mesmo o livro aberto sobre as suas pernas, um romance comprado na semana anterior, era capaz de prender sua atenção.

Leah interrompeu seus pensamentos.

— E se não estivesse chovendo?

— Eu estaria lá fora.

— Preparando armadilhas?

Garrick encolheu os ombros.

— Victoria disse que você é um armador de laços.

— E sou, mas a temporada das armadilhas está praticamente encerrada este ano.

Leah deixou a afirmação assentar, mas ela despertava mais perguntas do que as respondia. Então, um pouco mais tarde, Leah tentou novamente.

— O que você caça? — Garrick estava alimentando o fogo na lareira.

— Raposas, quatis, guaxinins...

— E vende as peles?

Ele hesitou, sem saber se Leah o criticaria por vender peles de animais para saciar a vaidade de pessoas ricas e sem escrúpulos. Só havia uma maneira de descobrir.

— Exatamente.

— Nunca tive um casaco de pele.

— Por que não? — Ele esperou pelo sermão.

— Porque são caros. Richard, meu ex-marido, achava que eu devia ter um, mas eu estava sempre adiando a compra. Quando se entra em um restaurante usando um casaco de pele, ou você o deixa aos cuidados do funcionário da chapelaria, porque ele pode ser roubado, ou tem seu casaco recusado pela chapelaria. Seja como for, vai passar a noite toda pensando em como seria horrível se o molho de tomate em seu prato respingasse no casaco. Além do mais, não gosto de coisas que chamam muita atenção. E esses casacos são pesados. Não quero carregar esse peso em meus ombros.

Não era bem a resposta que Garrick esperava ouvir, mas, mesmo assim, era uma declaração corajosa, porque revelava parte de seu estilo de vida, ou a vida que ela tivera enquanto estivera casada. O marido devia ser bem-sucedido. Iam a bons restaurantes e conviviam com mulheres que se preocupavam com a possibilidade de respingar molho em seus casacos de pele. Se pudesse se convencer de que Leah tinha tão pouco interesse nesse estilo quanto ele, estaria mais animado. E também estaria mais preocupado, porque gostaria mais dela.

— Entendo seu ponto de vista — foi tudo que disse, retornando ao sofá e voltando ao livro, na esperança de encerrar a conversação. Leah entendeu sua atitude e não insistiu, e isso o aborreceu ainda mais. Se ela o pressionasse, teria algo de que acusá-la. Odiava mulheres persistentes, e conhecera muitas ao longo da vida.

A hora do almoço chegou. Na metade do sanduíche Bologna, Leah deixou o lanche sobre o prato e encarou-o.

— Eu o ofendi de alguma maneira?
— Como?
— Quando disse que não gosto de casacos de pele...
— Ah, não. Não me ofendeu. Também não gosto deles.
— Não?

Garrick balançou a cabeça.

— Isso não tira parte do prazer do seu trabalho?

— Como assim?

— Alguém vai transformar a matéria-prima que é fruto do seu trabalho em um produto de que não gosta. Eu ficaria deprimida se alguém usasse minha página de palavras cruzadas para embrulhar peixe.

— E alguém faz isso?

— Nunca testemunhei pessoalmente, mas tenho certeza de que já aconteceu. Várias vezes.

— Se visse, o que faria?

— Não sei. Acho que tentaria racionalizar.

— Como?

— Bem, diria a mim mesma que gosto de criar enigmas e sou paga por isso, mas que... meu envolvimento termina aí. Se alguém sente prazer em embrulhar peixe com a página onde está meu quebra-cabeça, não há nada que eu possa fazer. — Ele sorriu.

— Se alguém sente prazer usando um casaco de pele, que seja. Gosta de armar laços e criar armadilhas?

— Sim.

— Por quê?

— É uma questão de habilidade.

— Aprecia o desafio.

— Sim.

— Onde aprendeu esse ofício?

— Um especialista no assunto me ensinou tudo. — Ele se levantou e estendeu a mão para pegar o prato dela. — Terminou?

— Sim, obrigada. Alguém da região?

— Ele já morreu. — Empilhando os pratos, ajeitando talheres e copos sobre eles, Garrick levou tudo para a pia. —

Estava pensando em dar uma corrida até o seu carro. Se me disser o que quer de lá, trarei tudo que puder carregar.

— Quero ir com você.

— Não.

— Dois pares de mãos podem trazer mais coisas.

Ele a encarou.

— Não nesse caso. Se tiver de segurar seu braço, só me restará a outra mão para carregar tudo.

— Não vai ter de me segurar.

— Leah, você já esteve lá fora, na lama, e sabe como o terreno é traiçoeiro.

— Mas foi à noite! Eu não enxergava. Não sabia para onde ia. Meus sapatos não eram apropriados...

— Que sapatos calçaria agora?

— Os seus. Deve ter um velho par de botas por aí.

— Sim, eu tenho. Tamanho 42.

— Posso preencher o espaço vazio com meias de lã.

— Também pode envolver os pés com cimento e tentar correr, porque seria algo bem parecido.

— Eu sei que posso, Garrick.

— Não teria velocidade. Caso tenha esquecido, está chovendo lá fora. A ideia é fazer a viagem de ida e volta o mais depressa possível.

— Quanto tempo é necessário para percorrermos dois quilômetros?

— Dois quilômetros? — ele riu. — Acha que percorreu essa distância?

— Bem, tive a impressão de passar uma eternidade andando sob a chuva, mas só porque estava escuro e eu caía toda hora e...

— Bem, agora está claro, mas você cairia do mesmo jeito, porque está escorregadio lá fora. Sei o que digo, Leah, porque estou acostumado com isso aqui. E o chalé de Victoria fica a menos de um quilômetro daqui.

— Menos... Mas isso não é nada! É claro que vou conseguir!

Ele a fitou. Seus olhos brilhavam com um misto de esperança e entusiasmo, e ele se descobriu encantado pela coloração suave de suas faces. Queria beijá-la, e queria tanto e com tanto ardor que sabia que não podia saciar esse desejo. Deixaria marcas em sua pele delicada. Estaria desafiando sua decisão de nunca agir como o machista que fora no passado e agora desprezava. Pior, estaria demonstrando uma terrível falta de autocontrole.

E controle era a palavra-chave de sua nova vida. Autocontrole. Não bebia, não fumava, não beijava impulsivamente.

Por isso, em vez de aproximar os lábios dos dela, ele a segurou pelos ombros com firmeza.

— Prefiro que fique aqui, Leah. Para sua segurança e seu conforto, para não mencionar outros motivos. Se houvesse falado em outro tom ou oferecido outras justificativas, Leah provavelmente teria persistido nos argumentos. Mas a voz dele era suave, quente, e sua expressão preocupada era nova e bem-vinda.

— Ah, está bem — ela disse. — Vá de uma vez. Enquanto isso, eu cuido da louça.

— Ainda não disse o que quer que eu traga.

— Preciso pensar.

Enquanto ela pensava, Garrick alimentou a lareira, acendeu o fogo e foi buscar a capa de chuva e as botas. Estava acabando de afivelá-las, quando ela entregou uma lista do que queria e onde ele poderia encontrar cada coisa no automóvel. Levando a relação no bolso da capa, ele puxou o capuz, sorriu e partiu.

Algum tempo mais tarde, sentado diante do volante do Golf, Garrick retirou da bolsa de Leah a carta enviada por Victoria. Devia abri-la, mas não queria. Sabia que encontraria efusivas recomendações acerca de Leah, e certamente não precisava delas. Leah se recomendava sozinha e muito bem.
— Maldição!
Ele devolveu o envelope à bolsa, pegou tudo que ela havia solicitado e sorriu novamente. A tarefa fora simples, graças à excelente organização de Leah. E a relação feita por ela era engraçada.

Velha bolsa Vuitton (ganhei de presente e não é meu estilo) em cima das malas sem marca atrás do banco do passageiro. Mochila do Mickey Mouse, dois volumes abaixo da bolsa na pilha vizinha. Grande saco de compras atrás do banco do motorista. (Se o saco estiver cheirando mal, jogue fora o conteúdo, que vai alimentar os animais, e pegue no lugar dele uma grande bolsa de lona preta que contém uma arma escondida.)

O saco não cheirava mal, e ele conseguiu levar também a bolsa de lona preta. Sentia-se meio tolo com uma bolsa a tiracolo, mas ela estava bem escondida pelo restante das coisas. Além do mais, quem o veria?

Ninguém o viu, mas, caminhando pela chuva de volta ao chalé, ele ia ficando mais e mais irritado. Estava aborrecido com Leah por ser tão doce, solitária e confortável. Estava intrigado com a atitude de Victoria, que a enviara até ali. Estava furioso com o peso que levava sobre os ombros, porque eles balançavam de um lado para o outro e dificultavam a tarefa de manter o equilíbrio no piso escorregadio. Estava exasperado com a chuva, que escorria por dentro das mangas e, em última análise, era uma das grandes causadoras da encrenca em que se encontrava.

Acima de tudo, estava furioso com a vida por colocá-lo em uma encruzilhada quando menos a esperava, quando menos precisava dela. Tudo estava indo tão bem! Tinha a cabeça no lugar, as prioridades claras... então Leah apareceu, e de repente ele começava a ver lacunas onde antes não as identificava.

Desejava essa mulher com um ardor que o assustava, e isso o enfurecia ainda mais. Ela era uma ameaça para o estilo de vida que tanto se empenhara em estabelecer, porque sentia que nada mais seria como antes quando ela partisse. E ela partiria. Era da cidade. Frequentava restaurantes, teatro e tinha bagagem Louis Vuitton, mesmo que a valise fosse só um presente. Não se encaixaria neste tipo de vida mais simples por muito tempo. Ah, sim, agora estava intrigada com a novidade. O ritmo pacato e a quietude eram um refresco em sua rotina regular. Mas em pouco tempo estaria entediada. E então iria embora. E ele ficaria sozinho novamente. E dessa vez não seria fácil nem agradável.

Quando chegou ao chalé, Garrick estava de mau humor. Depois de depositar sua carga silenciosamente, ele saiu novamente e subiu a encosta, movendo-se depressa, ignorando a chuva e o frio. Sentia-se um pouco mais controlado quando, finalmente, virou-se e começou a descida, mas, ainda assim, levou mais tempo do que o necessário para chegar ao galpão onde trabalhava na encomenda.

Era tarde quando ele entrou no chalé. Leah acendera as luzes, e o fogo ardia intensamente. Mas não foi o cheiro de fumaça que ele registrou ao entrar. Ao despir a capa de chuva, Garrick cheirou o ar enquanto se dirigia à cozinha.

Leah estava diante do fogão. Ela ergueu os olhos ao ouvir seus passos, mas devolveu a atenção rapidamente ao que preparava. Garrick não reconhecia a panela, mas não se afastara da civilização há tanto tempo assim. Sabia identificar uma *wok*.

— Está fazendo comida chinesa?

— Estou tentando — ela respondeu nervosa. — Fiz um curso recentemente, mas nunca tentei preparar nada sozinha. Era uma das coisas que eu planejava fazer no chalé de Victoria. — Havia um livro de instruções aberto sobre a bancada, ao lado dela.

— Está dizendo que aquele saco continha ingredientes para um prato da cozinha chinesa?

— Entre outras coisas. — Muitas delas já estavam no freezer, outras, no refrigerador, e algumas poucas ela descartara.

— E uma *wok*? Pensei que houvesse me pedido apenas o essencial! — Ela o olhou pela segunda vez, ainda mais nervosa que antes. Garrick estava zangado, e não imaginava por quê.

— Você me perguntou o que eu queria. Essas coisas são parte do que eu desejava ter comigo.

Ele olhou em volta, buscando os outros volumes que carregara, mas tudo havia sido guardado... em algum lugar.

— O que mais carreguei naquela chuva?

O tom lembrava vagamente a autoridade que Richard sempre empregava ao tratar com ela, o que a obrigou a se esforçar para não se encolher. Leah mantinha a voz firme, mas baixa.

— A *wok* estava com meus livros na mochila do Mickey Mouse. E as roupas... — Ela olhou para a calça jeans desbotada que vestira horas antes. — Joguei fora a calça rasgada. Não tinha conserto. — Também calçara um velho par de mocassins que encontrara na valise, mas conservava o suéter de Garrick. E estava arrependida disso.

— O que havia na bolsa preta? Era a mais pesada.

Nesse momento, Leah teria adorado saber mentir. Mas nunca fora boa nisso; os olhos a traíam. Não que a mentira pudesse ter alguma utilidade em seu caso, uma vez que logo ele descobriria a verdade.

— Um gravador e fitas.

— O quê?

— Um gravador e fitas.

— Ah, não! Você não vai... não vai perturbar minha paz ouvindo música estridente!

— Não é estridente.

— Alta. Não vim até aqui para suportar isso.

Leah sabia que devia acatar a vontade dele. Afinal, Garrick era o dono da casa e estava fazendo um favor acolhendo-a. Mas algo em sua atitude a aborrecia. Garrick estava gritando, e depois de Richard ela desenvolvera uma certa intolerância a gritos. Quando se divorciaram, ela jurara nunca mais se deixar usar como válvula de escape para explosões temperamentais.

E havia pensado que Garrick era diferente.

— Prometo manter o volume bem baixo quando você estiver em casa. Ou melhor, nem vou ligar a música quando você estiver aqui. Mas, quando estiver fora, aproveitarei para ouvir tudo que quiser.

— Ficou aborrecida por eu ter saído e deixado você sozinha, não é?

— Não! Pode ir aonde quiser, quando quiser e por quanto tempo desejar. Mas, se não estiver aqui, eu ouvirei minha música. Além do mais, em alguns dias estarei partindo. Posso estar invadindo sua privacidade, mas, não esqueça, Victoria nunca teria me mandado para cá se você não estivesse aqui.

A declaração o surpreendeu. Não havia considerado a situação por esse ângulo, mas Leah tinha razão. Ela sempre tinha razão, porque era sempre razoável. O que o fazia sentir-se ainda mais irascível.

Sem dizer nada, ele deixou a capa de chuva pendurada em um cabide, depois caminhou até a cômoda ao lado da cama, retirou o suéter e a camiseta de uma só vez, e começou a vasculhar as gavetas em busca de peças para substituí-los.

Leah acompanhava a movimentação com a boca seca. Era impossível lembrar a raiva diante das costas musculosas e nuas.

Disposta a recuperar o autocontrole, Leah voltou a se concentrar na comida. Estava pronta. Ela tampou a panela, desligou o gás do fogão, depois destampou outra panela para verificar o arroz.

Tudo estava pronto. A mesa estava arrumada. E Garrick estava jogado no sofá, vestindo um moletom velho e extravasando na lareira seu humor sombrio.

Ela pensou em deixá-lo em paz com seus pensamentos. Podia pôr os pratos na mesa, sentar-se e comer. Ele compreenderia que o jantar estava servido e se juntaria a ela. Ou não?

A aproximação foi silenciosa e hesitante.

— Garrick?

— Mmmm?

— Se estiver com fome... o jantar está na mesa.

— Vcnzavfzojntr.

— O que disse?

— Você não precisava fazer o jantar — ele repetiu em tom mais claro.

— Eu sei.

— O que fez?

— Frango com broto de feijão. — Ele não desviava os olhos do fogo.

— Não como comida chinesa há anos. E sempre a detestei.

Inexplicavelmente magoada, Leah se virou. Não estava com muita fome, para ser franca, mas não desperdiçaria todo o esforço empregado no preparo do jantar. Por isso ela se serviu, sentou-se e começou a comer.

Garrick se levantou do sofá. Foi até o fogão, abriu as panelas, cheirou o conteúdo delas e serviu-se.

Momentos mais tarde, ele se sentou à mesa na frente de Leah, que continuou comendo sem levantar a cabeça, embora nem soubesse o que tinha na boca.

— Nada mau — Garrick declarou. — Quais são os ingredientes?
— Gengibre, broto de bambu, molho de ostra, vinho de Xerez...
— Não é o tipo de coisa que se encontra naquelas embalagens de *fast-food*.
— Não.

Era bom saber que a comida era saborosa. Nunca havia cozinhado para Garrick e, por uma questão de orgulho, queria causar uma boa impressão. Saber que conseguira despertou seu apetite.

Eles comeram em silêncio. Várias vezes, Leah teve de morder a língua para não formular em voz alta as perguntas que dominavam sua mente. Queria saber por que ele ficara tão zangado, o que fizera para causar tamanha fúria. Queria saber o que ele tinha contra música. Queria saber quando ele havia comido comida chinesa em embalagens de *fast-food* e por que havia desenvolvido tamanha aversão a ela. E queria saber onde ele estivera e o que fizera quatro anos atrás.

Mas Garrick nada dizia, e ela receava iniciar uma conversa e irritá-lo ainda mais. Gostava mais dele assim, quieto e gentil. Preferia não ter de lidar com o homem sombrio que mastigava as palavras antes de gritá-las.

O que Leah não sabia era que, nesse momento, Garrick se odiava. Não gostava de como se comportara anteriormente, embora a atitude atual fosse apenas uma melhoria marginal. Mas era incontrolável. Quanto mais convivia com Leah, mais gostava dela e, paradoxalmente, maior era o ressentimento por ela.

Comida chinesa. As palavras eram suficientes para conjurar imagens de noites passadas no *set*, onde o jantar era servido em fileiras intermináveis de caixinhas coloridas deixadas sobre uma mesa no fundo do estúdio. Normalmente, nem sabia ao certo o que estava comendo. Tivera problemas de estômago por muito tempo depois disso e, para contornar o desconforto, havia adquirido o hábito de empurrar para baixo tudo que comia com generosos goles de uísque.

Comida chinesa. Outra imagem surgiu em sua mente, essa de um encontro com uma loura magra e alta que havia sido delicada o bastante para pegar a comida a caminho de sua casa. Ele não se dera ao trabalho de ir buscá-la em casa. Sabia o que ela queria e saciara seu desejo, mas sem nenhum sentimento ou delicadeza. Na manhã seguinte, sofrendo uma terrível ressaca, ele vomitara ao sentir o cheiro da comida que restara nas embalagens.

Comida chinesa. Uma última imagem. Estivera sozinho. Sem trabalho, sem amigos. Embriagado com uma substância qualquer, dirigira-se ao balcão do *delivery* e pedira comida para 12 pessoas, supostamente para dar a impressão de que estava dando uma festa. Como se ainda fosse importante. Como se ainda fosse um astro. Fora para casa, sentara-se em sua luxuosa sala de estar, olhara para os sofás de couro e para as caixas de comida, e chorara como um bebê.

— Garrick?

A voz de Leah o trouxe de volta. Ele ergueu a cabeça no momento em que ela depositava um envelope sobre a mesa. Era a carta de Victoria. Ele pegou o envelope e se levantou da mesa. Depois de deixar a carta ainda no envelope sobre a cômoda, sentou-se no sofá e retomou suas sombrias reflexões.

Leah começou a limpar a mesa. Seus movimentos eram lentos, e os ombros caídos denotavam um forte sentimento de derrota. Não que se sentisse desanimada pela comida, pois sabia que acertara no desenvolvimento da receita, e por um tempo Garrick demonstrara satisfação com o que comia. Não podia nem ficar ofendida com a maneira brusca como ele se retirara da mesa, porque tinha conhecimento de sua dor. Vira o olhar se tornar distante, invadido pelo sofrimento. Ah, sim, sabia que ele sofria, mas não sabia o que fazer em relação a isso, e essa era a causa de sua inquietação. Queria estender as mãos e oferecer ajuda, mas sentia medo. Sentia-se totalmente impotente.

Quando não havia mais nada para fazer na cozinha, ela pegou um livro, um dos que levara consigo, e sentou-se no canto do sofá sem fazer barulho. Mas não conseguia ler. A presença de Garrick prejudicava a concentração.

Uma hora se passou. Ele olhou em sua direção.

— Você disse que havia roupas na bolsa que eu trouxe.

— Estou vestindo uma calça e meus pés...

— Outras roupas. Além dessas.

— Há outras. — Sabia que ele se referia ao suéter. — Não se preocupe. Prometo que vou lavar seu suéter e o macacão térmico amanhã cedo.

Garrick resmungou alguma coisa e mergulhou novamente num silêncio exasperado. Ele só se movia para alimentar o fogo na lareira. Ela ia virando as páginas do livro.

Quase meia hora mais tarde, a voz dele soou novamente.

— Não acredito que me fez sair na chuva para ir buscar um gravador e fitas. Vai precisar de mais roupas.

— Tenho duas mudas na valise.

— Não é o suficiente. Não se tiver de ficar aqui por um certo tempo.

— Você tem uma máquina de lavar. Além do mais, minhas botas estão na valise. Posso voltar ao carro, se for preciso.

— Botas...? Por que não as calçou naquela noite?

Ela franziu a testa. Por alguma estranha razão, as críticas de Richard não a magoavam tanto.

— Não pensei que haveria tanta lama.

— Você não pensou. Ponto final. O carro está completamente atolado. Deve ter se empenhado muito para isso.

— Não me especializei em carros... ou em lama — ela argumentou, embora tremesse por dentro. Não sabia por que ele estava tão furioso. — Estava apenas tentando sair...

— Ah, enterrando as rodas no barro?

— Eu fiz o melhor que pude!

Mais uma vez, ele resmungou alguma coisa incompreensível. E desviou o olhar. A tensão tornava o ar quase tão pesado quanto seu coração.

— Você nem trancou a porcaria do carro! — Garrick trovejou algum tempo depois. — Deixou a bolsa lá dentro. Deixou tudo que tem dentro do carro e nem se deu ao trabalho de trancá-lo!

— Estava nervosa demais para pensar nisso.

— E pensar que é nova-iorquina...

Leah fechou o livro com violência.

— Eu nunca tive um carro antes. Qual é o problema, Garrick? Você mesmo disse que ninguém anda por aí com este clima. Mesmo que alguém pudesse se mover pela montanha, quem iria se dirigir a um chalé queimado? Minhas coisas não corriam risco algum, e mesmo que alguém as roubasse, são só coisas.

— Você provavelmente doaria todo o restante, agora que tem seus preciosos livros, as fitas e a *wok*...

— Droga, Garrick! — ela gritou, furiosa. — Por que está fazendo isso comigo? Não tento lhe dizer como deve viver, não é? Se os livros são mais importantes para mim do que as roupas, o problema é meu. É minha escolha. — Sentia lágrimas queimando seus olhos, mas recusava-se a chorar. — Posso não ser como outras mulheres nesse aspecto, mas é assim que eu sou. Vai ficar muito ofendido se eu alternar duas roupas enquanto estiver aqui? Se estiver limpa e não cheirar mal, por que vai se incomodar? Sou tão horrível assim que preciso de maquiagem e alta-costura para tornar minha presença suportável? — Ela estava em pé, encarando-o com os olhos cheios de mágoa. — Você não me quer aqui. Eu sei disso, e por isso também não quero ficar aqui. Nunca pedi para viver essa situação. Se tivesse a menor ideia sobre os planos de Victoria, jamais teria deixado Nova York! — Agora ela estava ofegante, tentando controlar a explosão, mas com pouco ou nenhum sucesso.

— Sou tão independente quanto você, e valorizo muito essa independência. Eu a conquistei. Acha que é fácil para mim essa situação que estamos vivendo? Estar isolada em um chalé gelado com um recluso de língua ferina e humor detestável? Pois bem, não é! Já suportei muito abuso de meu ex-marido. Não tenho de aturar o mesmo de você!

Leah se virou, mas voltou imediatamente.

— E, já que tiramos as luvas de pelica, deixe-me dizer-lhe mais uma coisa. Suas maneiras são terrivelmente grosseiras! Eu não tinha nenhuma obrigação de preparar o jantar esta noite. Você já havia deixado claro que estava satisfeito com sua culinária. Mas quis fazer algo por você, só para variar. Quis agradá-lo. Quis demonstrar que não sou uma mulher chorona e indefesa que precisa ser servida e protegida. E o que recebo por isso? Grosserias e mais grosserias. Primeiro não sabia se devia ou não me sentir privilegiada por sua honrosa companhia à mesa. Depois, quando terminou de enfiar a comida na boca e engolir tudo inteiro, retirou-se como se eu tivesse cometido um pecado imperdoável. O que foi que eu fiz? Não pode ao menos me dizer? Ou está além de sua capacidade compartilhar seus pensamentos comigo de vez em quando?

Durante toda a explosão, Garrick não moveu um músculo sequer. Abrindo os braços num gesto de futilidade, ela se virou, pegou na valise uma camisola de flanela e foi para o banheiro. Um minuto mais tarde estava de volta, jogando as roupas sobre a valise antes de se atirar na cama.

Sua respiração era ofegante e os dedos agarravam o edredom com uma força assustadora. Estava furiosa. Estava magoada. Mas, acima de tudo, estava desanimada, porque extravasara raiva e dor em Garrick. Não costumava agir assim com ninguém. Normalmente, era a mais composta das mulheres. Mas desintegrara-se diante de Garrick. Garrick. Depois da noite anterior.

Ela não o viu nem ouviu seus passos até que ele parou ao lado da cama, diante de seus olhos. Na verdade, via apenas suas pernas, porque não tinha forças para erguer a cabeça. Não sabia o que dizer.

Lentamente, Garrick se abaixou. Ela enterrou a cabeça no travesseiro, mas logo sentiu o dedo tocando seu queixo, obrigando-a a erguer o rosto. Um dedo gentil. Seus olhos buscaram os dele.

Em seu rosto estava estampado o pedido de desculpas que os lábios não conseguiam formular, e aquele dedo delicado se transformou em cinco, todos tocando seu rosto com uma hesitação genuína. Ele a tocava com reverência, desenhando o contorno do rosto, do nariz, do queixo, dos lábios...

Respirar era difícil, porque, durante todo o tempo em que Garrick esteve ali, tocando seu rosto, havia nos olhos dele um brilho intenso. As palavras que romperam o silêncio foram tão tristes, tão humildes e sinceras que ela sentiu vontade de chorar.

Garrick se inclinou para frente, mas hesitou.

Ela tocou seu queixo coberto pela barba num gesto de encorajamento.

Dessa vez, quando se inclinou, Garrick não vacilou. E as palavras que ele disse silenciosamente foram as mais significativas de todas.

Capítulo 5

Garrick a beijou. Era a primeira vez que seus lábios tocavam os dele, mas não foi propriamente o toque, e sim a maneira que a abalou profundamente. Havia doçura, gentileza e um cuidado que sugeriam uma profunda carência. Ele recuou para fitá-la depois de um beijo hesitante, quase casto.

Os olhos pareciam acariciar seu rosto. Tirando seus óculos, ele a beijou na testa, sobre os olhos, no nariz e nas faces. Quando retornou à boca, Leah tinha os lábios entreabertos. A explosão do desejo foi imediata e potente.

Garrick compartilhava de seu entusiasmo. Ah, ele o combatia, certamente. Dia e noite, estivera dizendo a si mesmo que não queria nem precisava disso, que acabaria tendo mais problemas do que gratificação. Estivera dizendo a si mesmo que tinha o autocontrole para resistir a todas as necessidades da carne. Mas então Leah explodira. Manifestara claramente sua opinião, e estivera certa em cada palavra dita. Pudera ver e sentir sua dor, e soubera que o desejo da carne era só uma pequena parte da atração que sentia por ela.

Não podia mais lutar, porque, da mesma forma que sua nova vida era construída sobre o controle, também havia nessa base uma grande porção de honestidade. O que sentia por Leah, o que queria dela e com ela era muito elementar, muito especial para ser maculado por um comportamento condenável ou pela falta de comunicação. Conversaria. Falaria com ela sobre si mesmo. Mas, por ora, precisava deixar o corpo falar.

Lançando mão de tudo que aprendera sobre como excitar uma mulher, ele iniciou a missão número um: dar prazer a Leah. Trabalhava com a boca e com as mãos, fazendo amor com ela no sentido mais amplo da expressão.

Não havia nada de calculado no que fazia. Podia ter aprendido e aperfeiçoado a técnica com outras mulheres, mas sentia que a fonte do verdadeiro prazer para Leah estava na alma, no coração. E agia conduzido por ele. Assim também obtinha prazer, descobrindo que o que fizera antes por puro prazer físico agora era também emocionalmente gratificante, e tudo porque a mulher em seus braços era Leah. Experimentava um renascimento com ela. O passado adquiria um novo significado, porque passava a ser a base sobre a qual poderia construir o mais completo amor que já sentira. O amor por Leah.

E ela sentia tudo isso. Sentia a riqueza de sentimentos por trás dos lábios que a beijavam, das mãos que a acariciavam e do corpo que buscava o dela. Tinha sensações novas e diferentes, que tocavam seu coração e faziam a pele arrepiar.

— Garrick...?

— Hmmm?

— Lamento por ter gritado...

— Vamos deixar a conversa para mais tarde, está bem? Agora preciso de você. Muito. — Ele a beijou novamente.

Leah começou a tocá-lo de maneira mais íntima, ajudando-o a despir o suéter e a camiseta para poder finalmente descobrir a delícia de tocar o peito nu. Garrick mantinha os olhos fechados, saboreando cada momento. Segurava os pulsos delicados, não para interromper a exploração, mas por necessidade de tocá-la também, de saber que não imaginava a experiência. Estava fervendo por dentro; eram chamas que se espalhavam em todas as direções, provocando uma fina camada de suor que cobria sua pele e acrescentava ainda mais sensualidade às carícias.

Enquanto era acariciado, ele a despia. Por um minuto, tudo que conseguiu fazer foi olhar, porque a perfeição diante dele era de tirar o fôlego. Os seios eram redondos e fartos, e os mamilos eriçados pareciam cintilar à luz do fogo. Ele tocou um deles. Um tremor sacudiu todo o corpo de Leah.

Os olhos se encontraram. Não havia dúvidas de que o desejo era mútuo e igualmente intenso.

— Quero tocar você, Leah. Quero tocar sua pele e sentir seu sabor.

Oh, sim... Ela era tão adorável e sexy, tão doce e ingênua! Precisava beijá-la. E foi o que ele fez.

Leah nunca havia imaginado que um dia poderia perder o controle numa experiência sexual, mas era exatamente isso que estava acontecendo. Sentia-se arder por dentro, queimar de prazer e necessidade. Precisava sentir o corpo de Garrick dentro dela, e por isso tomou-o entre as mãos e guiou-o para o centro de sua feminilidade. O gesto simples quase o levou à explosão final do clímax, mas Garrick conseguiu se controlar e penetrá-la. Juntos, eles se moveram seguindo um ritmo ancestral, até que, em uníssono, explodiram numa violenta sucessão de espasmos que os deixou suados e exaustos.

Nesse momento, Garrick soube que o futuro teria de cuidar de si mesmo. Precisava de Leah agora e por quanto tempo ela decidisse permanecer ali, em sua casa. Se, ao final desse período, ele estivesse sozinho, saberia que havia experimentado o que muitos homens jamais conheciam. Teriam lembranças de algo raro e maravilhoso, e ele seria mais forte por isso.

— Leah?

Ela abriu os olhos. O que via neles era o mesmo amor que preenchia seu coração. Sabia que era absurdo. Conheciam-se havia dois dias apenas, e naquelas condições tão incomuns... Não haviam conversado muito, não compartilharam pensamentos sobre passado ou futuro, muito menos sobre o presente, mas ele a amava. Jamais sentira algo parecido antes, aquele desejo imperioso de agradar uma mulher, de fazê-la feliz no sentido mais amplo e abrangente do termo, mas era isso que sentia por Leah. Sabia que sacrificaria o silêncio pela música que ela gostava de ouvir, abandonaria seu filé com batatas pela comida chinesa que ela aprendera a preparar, deixaria de lado sua eficiência para se movimentar pela lama da montanha para não deixá-la sozinha.

— Ah, Garrick... é tão... maravilhoso!

— Tem razão. — No passado estaria acendendo um cigarro, colocando alguma distância entre seu corpo e o da mulher a seu lado. Cumprindo os minutos obrigatórios antes de poder removê-la de sua cama. Mas, agora, a única coisa que queria era ficar ali com Leah em seus braços. E queria conversar.

— Você é espetacular — ela riu. — Talvez deva gritar mais vezes com você.

— Talvez — ele concordou sorrindo. — Seus gritos me fazem ouvir a voz da razão.

— Normalmente não grito.

— E eu não costumo ficar furioso ou carrancudo.

— O que provocou essa reação tão... inusitada?

— Você, é claro.

— Eu? É tão difícil assim ter me aqui?

— Pelo contrário. Gosto de ter você aqui.

— Então, por quê?

— Gosto muito. Acreditava ter minha vida toda organizada e bem resolvida, e de repente você aparece do nada e perturba o cenário.

— Ah... Entendo o que quer dizer.

— Entende?

— Sim, entendo. Também estava bem vivendo sozinha... sem um homem. Acreditava que esse era o caminho mais seguro.

— Seu casamento a feriu tanto assim?

— Muito.

— Disse que sofreu abusos de seu ex-marido. Violência física?

— Não. Ele nunca me bateu. Era uma agressão emocional.

— Como era esse homem com quem se casou?

Leah pensou por um minuto, tentando expressar seus sentimentos com um mínimo de amargura.

— Ele era atraente e charmoso. Seria capaz de vender gelo a um esquimó.

— Ele era vendedor?

— Indiretamente, sim. Ele era... um alto executivo em uma agência. Se quer saber o que é carisma, não precisa mais procurar. Olhe para Richard. As pessoas flutuam em torno dele. Ele atrai clientes como o mel atrai formigas. Só Deus sabe por que ele se casou comigo.

— Leah...

— É sério! Deve ter sido o estágio de vida em que estava quando me conheceu. Ele estava apenas começando. Precisava de uma esposa que parecesse relativamente sofisticada, e quando eu me esforço, quase sempre consigo esse efeito. Richard precisava de alguém que conhecesse as boas maneiras e os hábitos de Nova York, e eu nasci lá e passei toda a minha vida na metrópole. Ele precisava de alguém que pudesse manipular, e eu também atendia a esse requisito.

— Não sei se acredito nisso. Manipulável? Você? — Ela riu.

— Depois do que Victoria fez, você ainda duvida?

— Bem, toda regra tem sua exceção. Talvez essa tenha sido a sua.

— É, talvez. De qualquer maneira, Richard era capaz de me manipular. Eu queria agradá-lo. Queria fazer o casamento dar certo.

— E por que se separaram?

— Por muitas razões. Principalmente porque eu não era capaz de ser quem ele queria que eu fosse.

— Não era capaz?

— E não queria. Cansei de ouvir meu marido dizer que roupa eu deveria vestir e como deveria me portar. Por mais que tentasse, nunca atendia às expectativas de Richard, e essa frustração constante me levou ao esgotamento.

— O que ele queria, afinal?

— Perfeição.

— Nenhum ser humano é perfeito.

— Vá dizer isso a Richard.

— Obrigado, mas prefiro não ter de conhecê-lo. Ele parece ser o tipo de homem que costumo evitar.

— Nesse caso, devo reconhecer que é uma pessoa sensata.

— Ou fraca. Ainda não decidi qual desses rótulos é mais adequado.

— Fraco? Você? Bobagem! Veja a vida que leva! É preciso ter força para fazer tudo que você faz aqui.

— Força física, sim.

— E força psicológica também. Principalmente. Vive sozinho na encosta de uma montanha, sente-se confortável com essa solidão... Poucas pessoas seriam capazes de adotar e manter esse estilo.

Era a abertura perfeita. Garrick sabia que devia dizer algo sobre si mesmo e seu passado, mas as palavras não apareciam. Queria o respeito de Leah. E temia colocá-lo em risco se ela soubesse por que caminhos havia andado.

— Não sei se tenho me saído tão bem, considerando como reagi com você.

— Você é maravilhoso!

Ela o beijou, e Garrick foi novamente dominado por aquele fogo intenso, pelo ardor que destruía o raciocínio e a noção de consequência. Nada era mais importante do que tê-la novamente, possuí-la e sentir seu corpo estremecer de prazer.

Mais tarde, quando já temia que ela adormecesse sem ouvi-lo, Garrick falou:

— Você é a primeira mulher que vem a esse chalé.

— Eu sei — ela declarou em tom sonolento, aninhando-se em seu peito sob o edredom macio.

— Na verdade, quase ninguém esteve aqui antes. Um ou outro armador de laços para para me cumprimentar de vez em quando, e compradores que querem ver minhas peles...

— Então, só recebe visitantes no inverno?

— Basicamente no inverno. Não posso caçar animais de pele boa para venda depois do meio de janeiro.

— Raposas, por exemplo?

— Entre outras coisas.

— Por que não pode caçar depois do meio de janeiro?

— É a lei, e faz sentido. As peles são mais grossas no inverno, e boas peles alcançam os melhores preços. Mas isso é secundário, considerando o conceito de preservação da vida selvagem.

— Não entendi.

— A teoria é que caçar e montar armadilhas não deve ser uma atividade que explore a população silvestre. Pelo contrário. Deve servir para controlar o meio ambiente. Os guaxinins ameaçam as plantações de milho. Os castores prejudicam o curso livre das corredeiras.

— Não precisa justificar o que faz.

— Mas você me pediu uma explicação. Tudo isso faz parte dela. Montar armadilhas não é algo que todos possam fazer. No início de cada temporada, o Departamento de Caça e Pesca publica diretrizes bem definidas, limitando a caça a algumas espécies. Por exemplo, só posso pegar três guaxinins por ano. Com cerca de oitocentos armadores de laço no estado, a três animais por armador, a soma é assustadora. Se não houver limite, a população será posta em risco.

— E como esses limites são estabelecidos?

— O departamento toma as decisões com base nas informações fornecidas pelos caçadores sobre a atividade do ano anterior. Cada animal que caço tem de ser informado. Relato ao departamento onde e quando peguei a presa, em que condições estava o animal e o que observei na população geral enquanto estava percorrendo o território.

— Então, os limites variam anualmente?

— Em tese, sim. Mas, nos últimos anos, as diversas populações têm se mantido estáveis, o que significa que o departamento tem atuado de forma positiva e eficiente. De vez em quando, há uma certa política envolvida nisso tudo. Por exemplo, alguns animais, como as fuinhas, se alimentam de perus e coelhos. Os caçadores de perus e coelhos se organizam para promover a liberação da caça desses outros animais, de forma que haja mais perus e coelhos vivos para serem caçados por eles.

— E isso funciona?

— Não. Em um certo período, no início da década de 1930, as fuinhas foram caçadas até quase a extinção. Hoje o departamento as protege com rigor, apesar da pressão dos caçadores de perus e coelhos.

— Mas por que estabelecer esse limite no mês de janeiro?

— Porque, em fevereiro, começa a temporada de acasalamento. Permitir a caça nessa época seria um prejuízo dobrado à população silvestre.

— Então, você só caça durante três meses do ano?

— Posso pegar castores até o final de março e coiotes sempre que quiser. Mas prefiro usar os primeiros como isca, e os segundos só me interessam no sentido em que tenho de mantê-los longe das minhas armadilhas. Se eu não ficar atento, eles comem toda a caça. E os coiotes são muito espertos. Pegue um deles em um determinado local, e o restante da matilha não vai nem passar perto dessa área.

Leah adorava ouvi-lo falar, não só pela voz rouca e baixa, mas pelo conhecimento contido em suas palavras.

— Criar armadilhas bem-sucedidas deve ser uma arte.

— Em parte. Mas também é ciência. É um trabalho duro, embora só dure três meses.

— Um pouco mais complicado do que introduzir uma vareta em uma árvore, hmmm?

Ele riu.

— Um pouco. O trabalho começa bem antes do início da temporada de caça. Tenho de obter uma licença, mais uma permissão escrita dos proprietários de terra cujas propriedades eu possa estar invadindo. Tenho de preparar as armadilhas, observar as que restaram do ano anterior... Assim que começa a temporada, instalo minhas armadilhas. Tenho de percorrê-las todas as manhãs.

— Todos os dias?

— Bem cedo.

— E não se incomoda com isso?

— Não. Eu gosto disso. — No passado, detestava acordar cedo. Quando trabalhava em Los Angeles, detestava ser chamado antes do meio-dia, fosse para atender ao telefone ou cumprir um compromisso profissional. Normalmente, passava as noites fora, em festas, e nos últimos anos também tinha de enfrentar as ressacas. Mas na montanha não havia festas. Nem bebida. Não tinha dificuldade para se levantar da cama. De fato, descobrira que as horas que se seguiam ao alvorecer eram quietas e muito produtivas.

— Por que tem de ir cedo?

— Porque muitos animais de pele são noturnos, o que significa que são pegos à noite. Tenho de pegá-los o mais depressa possível depois que caem na armadilha.

— Por quê?

Ele riu. De repente percebia que rira mais nas últimas horas do que em meses seguidos.

— Qual é a graça?

— Você. Sua curiosidade. É insaciável.

— Porque o assunto é interessante. Minhas perguntas o aborrecem?

— Não. Nem um pouco. — O que o surpreendia quase tanto quanto o som repetido do próprio riso. Os últimos quatro anos de sua vida haviam sido dominados pelo silêncio. No início precisara dele, porque não se sentia disposto ou em condições de acompanhar uma conversa, muito menos com uma mulher. Falava apenas quando era necessário, e só com os nativos, pessoas lacônicas e simples, para a sua felicidade. Até o velho que ensinara a ele a arte de preparar armadilhas fora econômico com as palavras, o que Garrick julgara muito conveniente. Recebia bem as palavras de significado, mas detestava as bobagens superficiais. Preenchera sua cota de superficialidade em Los Angeles. Palavras doces para impressionar, palavras duras para ferir, palavras vazias para passar o tempo, palavras manipuladoras para subornar ou vencer.

Jamais tivera o tipo de conversa genuína e inocente que agora mantinha com Leah, e não sabia se um dia se fartaria dela. Por mais absurdo que pudesse parecer falar de armadilhas depois de fazer amor, estava adorando a experiência.

— Quer saber por que tenho de ir buscar a caça o mais depressa possível. Porque, se esperar, outros animais podem tirar proveito dela, ou a pele pode ser danificada. Depois de capturar o animal, tenho de cuidar do preparo da pele.

— É muito difícil?

— Uma arte. Definitivamente. Por exemplo, na etapa em que ela é removida da carne... Ah, não. Você não precisa ouvir isso.

— Não mesmo. Muito bem, então a temporada de caça é curta. O que faz no restante do ano?

— Leio. Esculpo madeira. Vou caminhar na floresta. Planto vegetais.

— Vegetais? Onde?

— No canteiro do fundo do chalé.

— Onde? Não há nenhuma janela ou porta nos fundos. Não pude ver nada.

— Há uma clareira no fundo do chalé. É pequena, mas recebe sol suficiente nos meses de verão para tornar-se fértil. Lá eu planto e colho o que quero.

— E come tudo que colhe?

— Não. Ninguém come tanta alface.

— Alface. E o que mais?

— Tomates, cenouras, ervilha, feijão-verde... Congelo muita coisa para os meses de inverno. E o excedente, eu dou. Ou troco. O melaço que comemos com as panquecas foi obtido dessa maneira.

— Entendo. Estou admirada, Garrick. Francamente, nunca fui capaz de plantar nada. Sempre que tento, a planta acaba morrendo. Acabei desistindo, é claro, e acho que foi melhor assim. Se houvesse me apegado a uma planta, e depois tivesse de me separar dela para vir para cá, por exemplo...

— Poderia ter trazido a planta.

— Ainda bem que não trouxe. Quero dizer, aqui estou eu, com boa parte das minhas coisas ainda no carro, em um ambiente gelado, sem saber para onde vou quando puder descer a montanha, já que o chalé de Victoria está destruído...

Garrick a silenciou com um beijo. Não queria ouvir essa conversa sobre ir embora da montanha. Não queria que ela pensasse em ir embora. Queria fazer amor com ela. Novamente.

Leah não precisou de muito incentivo. Alguns minutos de carícias e toques mais ousados, alguns beijos ardentes... e lá estavam eles em brasa mais uma vez, entregando-se à paixão que os consumia.

Curvas e planos que já deviam ser familiares a essa altura tornavam-se novidades exploradas de outros ângulos, o que alimentava o fervor que os dominava.

Dessa vez, quando superaram o clímax e caíram lânguidos nos braços um do outro, ficaram em silêncio por algum tempo.

Leah foi a primeira a falar.

— Garrick?

— Hmmm?
— Nunca fiz isso antes.
— Hmmm?
— Três vezes em uma mesma noite. Nunca pensei que pudesse. Nunca quis... mais de uma vez.
— Sabe de uma coisa? Eu também não.
— Mesmo?
— Mesmo. — Estranho, mas orgulhava-se de poder dizer isso sem mentir. Quantas vezes mentira no passado, quantas vezes se gabara de horas ininterruptas de sexo selvagem. Tinha uma imagem a zelar, mas havia sido uma imagem vazia. Se uma mulher tentava obter mais, ele tinha sempre uma resposta pronta: ou ela o esgotara, ou a mulher da noite anterior o deixara sem energia, ou tinha um compromisso para a manhã seguinte. O fato era que, uma vez saciada a luxúria inicial, perdia o interesse.

Mas não era essa luxúria que sentia por Leah. Bem, talvez um pouco, mas havia amor também, e era esse sentimento que fazia toda a diferença.

— Há quanto tempo está aqui, Garrick?
— Há quatro anos.
— E esteve em lugares nos quais sentiu a necessidade de... o impulso de...
— Não senti muito esse impulso a que se refere, mas havia mulheres com quem eu podia me deitar.
— Eram interessantes?
— Razoáveis.
— Ainda tem contato com alguma delas?
— Não. Foram só romances passageiros, normalmente encontros únicos. Uma noite e nada mais.

— Por quê?

Mais uma vez, ela lhe proporcionava a abertura de que precisava. Poderia explicar que enfrentara um período difícil, que tivera de se reencontrar, mas então ela faria mais perguntas, e não queria ter de dar outras respostas. Não naquele momento. Por isso, ofereceu uma resposta honesta, embora sucinta.

— Nenhuma delas me fez querer mais do que isso.

— Ah...

— O que significa ah...?

— Vai me chutar amanhã?

— Não posso. A lama... lembra?

Ela o beliscou.

— Não fosse pela lama, você me expulsaria?

— Já tivemos mais do que uma noite.

— Não está respondendo à minha pergunta.

— Como posso expulsá-la daqui? Você não tem para onde ir...

— Garrick!

— Não, Leah, eu não a mandaria embora. Não vou mandar você embora. Gosto de tê-la aqui. Pode ficar por quanto tempo quiser.

— Porque sou boa na cama?

— Sim.

— Garrick!

— Porque gosto de estar com você. Melhorou?

— Um pouco.

— Quer mais?

— Sim.

— Porque você faz por meu suéter coisas que eu nunca fiz.

— Pensei que o quisesse de volta.
— Quero que fique com ele. E use-o.
— Certo.
— E pode cozinhar, se quiser.
— Você odeia cozinha chinesa.
— Não odiei o que você fez esta noite. Estava só dificultando as coisas. Mas...
— O que é?
— Sabe fazer alguma outra coisa além de comida chinesa?
— Fiz cursos de culinária francesa. E indiana. Mas não tenho os ingredientes necessários.
— Sempre faz pratos da culinária internacional? Mesmo quando está sozinha em Nova York?
— Oh, não.
— O que costuma comer, normalmente?
— Quando não estou aproveitando a mesa farta de Victoria?
— Pensando bem, você come muito. Como consegue se manter tão magra?
— Comida balangelada.
— Balanceada?
— Balangelada. Compro tudo pronto, congelado, e só preciso aquecer o prato no microondas.
— Você come comida congelada?
— É claro que sim. É muito boa. Tem sódio demais, é verdade, mas, no geral, é saudável e nutritiva.
— Ah, é claro. Se você diz... — Ela bocejou.
— Eu digo.
— Cansada?

— Um pouco. Que horas são?
— Não sei. Não tenho um relógio.
Ela aproximou o pulso do nariz dele.
— Estou sem óculos. Que horas são?
— Uma sarda e vinte pêlos.
— Ah... droga! Deixei o relógio no banheiro.
— Tudo bem, eu não poderia mesmo enxergá-lo, agora que o fogo se extinguiu.
— O mostrador é luminoso.
— Veio bem preparada, não é?
— Estou sempre preparada para tudo. Ou quase tudo.
Ela sufocou mais um bocejo. — Não quero dormir. Gosto de conversar com você.
— Eu também gosto.
— Vamos continuar amanhã, ou você vai voltar ao estado de mudez ao raiar do dia? — Ele riu.
— Continuaremos nossa conversa amanhã.
— Promete?
— Palavra de escoteiro.
— Você foi escoteiro?
— Faz tempo...
— Vai ter de me contar tudo.
— Amanhã.
— Disse que faz tempo?
— Muito tempo.
— Quantos anos você tem?
— Quarenta.

Garrick esperou um comentário que nunca aconteceu, porque Leah dormia. Sorrindo, ele a beijou na testa e fechou os olhos.

Capítulo 6

Quando Leah acordou na manhã seguinte, Garrick estava ao lado dela, dormindo. Deitado de bruços, com o rosto virado para o lado oposto, ele mantinha um tornozelo entrelaçado com o dela, uma lembrança dos eventos da noite anterior. Ela suspirou e se espreguiçou, sentindo o coração transbordar de felicidade. Depois rolou para o lado dele, passou um braço sobre a sua cintura e sorriu.

As frestas das venezianas permitiam a entrada da luz exterior que iluminava o chalé, embora modestamente. Ainda chovia, mas o ruído do telhado era mais leve. Não fazia diferença. O clima não tinha mais nenhuma importância. Garrick dissera que poderia ficar pelo tempo que quisesse. Não pensaria em partir.

Ele acordou e se virou para fitá-la.

Era a primeira vez na vida que Garrick acordava feliz com a presença de uma mulher em sua cama. Por isso sorria.

— Oi.

Ah, como adorava a voz dele!

— Oi.
— Dormiu bem?
— Como um bebê.
— Você não parece um bebê. É sexy demais para isso. — Leah corou.
— Você também é muito sexy.

Os olhos a examinavam sem pressa, detendo-se na curva dos seios.

— Nunca tive a oportunidade de vê-la à luz do dia.
— É claro que já me viu de dia.
— Nua? Nunca. — Lentamente, ele removeu o edredom, expondo seu corpo nu aos olhos que pareciam acariciá-la. — Você é simplesmente linda.

Leah tremia, mas não só por estar sendo submetida àquele olhar ousado e provocante. Tremia porque, ao descobri-la, ele também se revelara, e o que via era simplesmente deslumbrante. Uma coleção de músculos definidos, sem nenhum grama de gordura, um conjunto absolutamente másculo, sensual.

— Eu quero você — ele murmurou com voz rouca. — Acho que passei a noite toda excitado, sonhando com você.
— Não precisa sonhar. Estou bem aqui.
— É tão difícil acreditar... — Mudando de posição, ele se deitou sobre o corpo de Leah e deslizou uma das mãos pela pele macia, espalhando um fogo abrasador por suas veias.
— Garrick...
— Você é linda e quente.
— Preciso de você...

Os olhos encontraram os dela, e havia neles uma intensidade capaz de conter mais de uma forma de paixão.

— Também quero você mais do que tudo.

Eles se abraçaram com força. Ficaram abraçados por muito tempo, os corpos colados, os membros entrelaçados e trêmulos. Era estranho, mas o desejo sexual arrefecia, substituído pela gratificação de estarem simplesmente juntos. Nesse momento, essa união era mais preciosa que tudo no mundo.

Garrick foi o primeiro a recuar.

— Preciso de um banho — ele anunciou com um tom carregado de emoção. — Quer vir comigo?

— Nunca tomei banho com um homem antes.

— Nunca?

— Nunca.

— Quer experimentar?

— Se você quiser... O banheiro é grande.

— Mas eu também sou um homem grande.

— O que significa...

— Que estaremos bem próximos.

— Vai ser delicioso.

— Tem razão. — Tomando-a nos braços, ele saiu da cama. — Venha, vamos para o chuveiro.

— Garrick, posso ir andando!

— O piso está gelado.

— Mas você está em pé.

— Quer trocar de lugar?

— Acho que é pesado demais para mim.

— Então... fique quieta.

Quando chegou ao banheiro, Garrick a pôs no chão, ligou o chuveiro, ajoelhou-se diante dela e, com enorme delicadeza, removeu o curativo de sua perna. No dia anterior ela havia trocado a gaze e o esparadrapo por um simples Band-Aid, e o único desconforto que ainda sentia era por conta da área azulada que cercava o corte.

— Parece que está cicatrizando bem — ele decidiu, deixando os olhos passearem por seu corpo. — Mas ainda gosto mais do restante.

— É bom saber disso!

Depositando um beijo em seu umbigo, ele se levantou e a levou para o chuveiro. Os dois se ensaboaram e, como não podia deixar de ser, ensaboaram um ao outro. E foi um tormento, de certa forma, porque o deslizar de mãos escorregadias por toda a área do corpo era altamente erótico, mas não queriam fazer amor. Resistir à tentação fazia parte do jogo, como uma forma de dizer que o relacionamento ia além do sexo.

Tocar era algo totalmente aceitável, e eles tiravam proveito disso. Leah se surpreendia com a facilidade com que se adaptavam à presença do outro, especialmente por estarem juntos há tão pouco tempo e mal se conhecerem. Talvez fosse a solidão prolongada. Precisavam dessa proximidade. De qualquer maneira, o fato é que não se afastavam. Vestiram-se juntos, ajudando com um botão ou uma gola, prepararam o desjejum juntos, depois comeram com as pernas entrelaçadas sob a mesa.

E conversaram. Falaram muito e sobre tudo que passava por suas cabeças.

— Adoro seu corte de cabelo — Garrick comentou, colocando-a sobre seus joelhos quando ela se aproximou para recolher o prato. — Sempre usou esse corte?

— Não. Adotei o estilo no dia em que meu divórcio se tornou definitivo.

— Comemoração?

— Foi minha declaração de independência. Quando era pequena, sempre gostei de ter cabelos compridos. Minha mãe adorava escová-los e fazer grandes cachos e enfeitá-los com fitas. Richard também gostava deles assim. Fazia parte da minha imagem. Ele se sentia atraído por cabelos longos. Estava sempre dizendo que mechas bem tratadas caindo sobre ombros de pele sedosa davam um certo ar de sofisticação à mulher. Às vezes ele sugeria que eu os usasse presos, ou que os enfeitasse com uma presilha de prata ou marfim... Eu passava horas tentando adquirir a aparência que Richard considerava adequada a cada ocasião. E odiava tudo aquilo.

— Então, você os cortou.

— Isso mesmo.

— É lindo como está.

— E é muito mais prático também.

— Perfeito. Lindo e prático. — Ele tocou a franja brilhante. — Gostava de sair?

— Para ir aonde?

— A festas, restaurantes...

— Com Richard? Não! E ainda não gosto de festas, mas talvez seja por conta da minha insegurança. Sinto-me deslocada.

— Por quê?

— Bem, nunca fui uma dessas criaturas sociáveis. Eu era muito tímida. Ainda sou.

— Tímida? Sério?

Sorrindo, ela o abraçou e beijou seu nariz.

— Sério.

— Por que a timidez?

— Não sei. Era estudante de letras, uma dessas traças de biblioteca, uma... intelectual. Acho que uma das coisas que mais me fascinaram em Richard foi a facilidade com que ele interagia com as pessoas. Era exatamente uma característica que eu não tinha. Podia ir com ele a lugares variados e me integrar a um grupo numeroso como nunca teria feito sozinha.

— E gostava disso?

— Eu acreditava que sim. No início gostava de verdade. Depois percebi que não estava me integrando ao grupo. Não realmente. Ele estava, não eu. Era apenas uma carona, mas a viagem nunca era divertida. As pessoas eram aborrecidas. Eu não tinha muito a dizer a elas. Richard estava sempre atrás de mim, insistindo para que eu fosse mais agradável, e eu até conseguia ser encantadora quando me esforçava para isso, mas, naquelas circunstâncias, odiava o esforço. Tudo era muito... desconfortável.

Ele a pôs de pé e recolheu os pratos.

— Entendo o que quer dizer.

Leah não precisou perguntar se ele concordava, porque sabia que a resposta seria afirmativa. Se gostasse de festas, multidões e conversas vazias, não teria escolhido ir viver na montanha, em um chalé no meio da floresta. Enquanto carregavam a lava-louças, ela pensou em perguntar o que o fizera escolher esse tipo de vida. Em vez disso, indagou:

— Por que está estudando latim?

— Porque é interessante. Muitas palavras do nosso idioma derivam do latim.

— Não estudou o idioma quando era criança?

— Não. Estudei espanhol. Minha mãe era professora de espanhol.

— Mentira!

— Verdade. — A entonação empregada por Garrick, meio resignada, meio aborrecida, sugeria que a história tinha mais facetas do que podia parecer à primeira vista. Esse capítulo específico não podia ameaçá-la.

— Não foi uma boa experiência?

— Ela estava sempre muito envolvida com o trabalho. Quando não estava lecionando, estava viajando por regiões de língua espanhola, e quando não estava fazendo nenhuma dessas coisas, ia dar aulas particulares na casa de alguns alunos.

— E você não gostava disso?

— Teria gostado de receber um pouco mais de atenção.

— E seu pai? Qual era a profissão dele?

— Médico. Especializado em gastroenterologia.

— E muito ocupado também.

— Exatamente.

— Você foi uma criança muito sozinha.

— Muito.

— Tem irmãos?

— Não. — Garrick sacudiu uma panela que acabara de lavar e passou-a a Leah para ser enxugada. — E você?

— Sou filha única também. Mas meus pais me cobriram de atenção. Não é estranho que tenhamos tido experiências tão diferentes? Diametralmente opostas. Se pudéssemos colocar nossos pais em uma centrífuga e misturá-los bem, talvez pudéssemos ter um pouco mais daquilo de que precisávamos.

Ele riu, mas era um som triste.

— Seria bom...

Quando terminaram de limpar a cozinha, Garrick acendeu a lareira, sentou-se no chão e puxou-a para se sentar entre suas pernas. Leah suspirou satisfeita e recostou-se no peito largo.

— Você sempre usou óculos? — ele perguntou. Seu hálito era quente no rosto de Leah.

— Desde os 12 anos. Usei lentes de contato enquanto estive com Richard, mas nunca gostei muito delas.

— Por que não?

— Elas eram um tormento... colocá-las todas as manhãs, tirá-las e limpá-las todas as noites, tratá-las uma vez por semana... Além do mais, miopia é meu nome do meio! Não sei por que alguém tem de esconder esse tipo de deficiência. Não é culpa minha não enxergar bem.

— Você fica linda de óculos.

— Obrigada. — O sorriso que iluminou seu rosto perdurou por algum tempo. — Você é muito... muito gentil — ela sussurrou. — Sinto-me tão em paz aqui. — Leah se virou para fitá-lo. — É isso que você sente morando aqui?

— Ficou muito melhor depois que você chegou.

— Mas antes... era a paz que o fazia ficar?

— São muitas coisas que me fazem ficar aqui. Paz é uma delas. Ausência de pressão e de estresse. Trabalho duro, mas sigo meu ritmo.

O comentário trazia implícita a sugestão de que ele havia conhecido algo muito diferente até quatro anos antes. Mais uma vez, tinha uma oportunidade de investigar o passado. Mais uma vez, não aproveitou essa chance.

Olhando novamente para frente, para o fogo, ela perguntou:

— Você nunca fica entediado?

— Não. Há sempre alguma coisa para fazer.

— Quando aprendeu a arte de entalhar madeira?

— Logo que cheguei aqui.

— O armador de laços ensinou também essa habilidade?

— Aprendi sozinho. Um bom livro com instruções, e logo comecei a progredir.

— O que você faz?

— O que me vem à cabeça. Normalmente, crio esculturas de animais que vejo na floresta.

— Não vejo nenhuma obra por aqui. Nunca fica com o que produz?

— Às vezes. — As peças estavam no galpão, um espaço que ele passara a tratar como uma espécie de estúdio e galeria. — Dei algumas peças, vendi outras...

— Vende sua arte? Deve ser bom nisso!

— Sim, vendo algumas peças, mas não sei se sou tão bom quanto imagina.

— Se as pessoas compram o que você faz... — Ela encolheu os ombros. — Sempre foi artista? — Imagens dos artistas que Richard empregava passavam por sua mente. Havia um alto índice de esgotamento no mundo da publicidade. Talvez tivesse acontecido algo dessa natureza com Garrick.

Mas ele balançava a cabeça, o queixo roçando seu cabelo.

— Não exatamente. Só depois de vir para cá descobri que gostava de trabalhar com as mãos.

— Ah, nisso você é muito bom! — Leah o provocou, rindo. — E eu acho ótimo. Precisa usar algum tipo especial de madeira para entalhar?

— Madeira mais macia é sempre melhor. Pinho branco, por exemplo. Tem poucos nós e pouca fibra. Uso madeira mais rígida para entalhar peças de xadrez.

— Você cria jogos de xadrez?

Ele assentiu.

— Sabe jogar?

— Não, mas sempre admirei os conjuntos mais elaborados e belos nas vitrines das lojas. Já pensei inclusive em comprar um jogo para decorar uma mesa de café, mas decidi que seria pretensioso. Mas eu sei jogar dama. Você já criou algum tabuleiro de dama?

— Nunca, mas posso tentar. Deus, não jogo dama desde que era criança!

— Seria divertido. E facas?

— Nunca brinquei com elas.

— Engraçadinho! Quero saber se já entalhou cabos de faca. O instrumento que você usava na outra noite parecia ter sido entalhado.

— E foi. — Mais uma vez, ela olhou para trás.

— Foi entalhado? Por você?

— Foi cuidadosamente forjado e afiado. Tem três lâminas. Uso a maior para cortes grosseiros e as duas menores para trabalhos mais delicados. — Ela o encarava fascinada.

— Você tem lindos olhos. Acho que nunca vi outros dessa cor. Âmbar e prata! Lindos...

O comentário inusitado o pegou de surpresa. Era o tipo de observação com que se habituara no passado, mas agora soava diferente. O significado e o propósito do elogio o aqueciam profundamente. Gostava quando Leah o elogiava, tanto que nem se incomodava com o fato de ela não ter prestado muita atenção ao que ele estivera dizendo. Estranho que não o reconhecesse...

— Costuma ver televisão?
— Raramente. Por quê?
— Estava pensando... se sentiria falta desse conforto aqui na montanha.
— Não. — Ela olhou para o fogo. — E também não sinto falta de um telefone.
— Não costumava usá-lo em casa?
— Sim, muito.
— Então...?
— Em Nova York o telefone é uma necessidade. É necessário telefonar para saber se o livro que você encomendou já está na livraria, para fazer reserva no restaurante, para marcar um almoço com um amigo... Aqui isso não é necessário.
— Deixou muitos amigos em Nova York?
— Alguns poucos. Só depois do divórcio fui capaz de cultivar amizades. Richard nunca se interessou pelas pessoas de quem eu gostava.
— Por que não?
— Porque ele não as considerava suficientemente úteis.
— Ah, ele é do tipo que usa as pessoas.
— Richard não pisa nas pessoas. Apenas evita aquelas com quem não consegue se identificar claramente. Ele precisa

sentir que há um propósito em todo contato social. Conviver com alguém simplesmente por apreciar a companhia dessa pessoa não é uma boa escolha na opinião de Richard.

Garrick estava prestes a dizer algo crítico, mas se conteve. Fora culpado do mesmo erro no passado, mas tinha a impressão de que Richard conseguira lidar melhor com a própria deficiência. Quem era ele para atirar pedras?

Acomodando Leah contra o peito de forma a colocá-la de perfil, ele perguntou:

— Como são seus amigos?

— Você conhece Victoria. Há também Greta. Nós nos conhecemos numa aula de culinária. Ela tem um raciocínio matemático fenomenal.

— O que ela faz?

— É contadora.

— Vocês se encontram frequentemente?

— A cada duas semanas, pelo menos.

— O que fazem quando estão juntas?

— Fazemos compras.

— Compras? Nunca imaginei que uma contadora ocupasse seu tempo de lazer fazendo compras!

— Ela não quer fazer compras. Ela precisa fazer compras. Greta trabalha para uma grande empresa que faz certas exigências, e uma delas é que ela esteja sempre apresentável. A pobre Greta é a primeira a admitir que não tem nenhum gosto para escolher roupas. Quando vamos às compras, eu a ajudo a escolher coisas de bom gosto e discretas, como convém a uma profissional. Sou excelente quando se trata de gastar o dinheiro alheio.

— Isso não é muito correto.
— Por que não, se sou solicitada pela dona do dinheiro e só quero ajudá-la?
— Greta fica satisfeita com os resultados?
— Definitivamente.
— Então, acho que não é tão ruim assim. Tem mais amigos?
— Arlen.
— Homem ou mulher?
— Mulher. Não tenho amigos do sexo masculino. Exceto você, é claro. — Ela o beijou no rosto. — Você é um bom homem.
— Isso é o que você diz agora — ele brincou. — Espere até me conhecer melhor. — Estava pensando no quadro denominado "febre do chalé", quando duas pessoas, mesmo compatíveis, são obrigadas a passar dias seguidos confinadas e sem nenhuma atividade. Sabia que ele não se incomodaria com isso, pois estava habituado à vida na montanha, e amava Leah. Mas, de repente, não estava nem pensando se Leah também o amava. Estava pensando em tudo que ainda não contara sobre si mesmo. O que acabara de dizer devia ser um típico ato falho freudiano. — Sim, sou um bom homem. Mas nem sempre fui assim. Esse tempo passou. — Ele respirou fundo.
— E você ia falar sobre Arlen.

Leah estudou seu rosto por mais um minuto, sem perceber que seus olhos estavam repletos de medo. "Mas nem sempre fui assim", ele dissera. Como havia sido no passado? Oh Deus, não queria que nada estourasse sua bolha de felicidade. Não depois de ter esperado a vida inteira para encontrá-la!

— Arlen... — ela começou. — Arlen e eu nos conhecemos na sala de espera do consultório do dentista. Há três anos. — Ambas estavam grávidas naquela época. — Houve uma empatia imediata que logo se transformou em amizade, e nós mantivemos contato. Nós nos aproximamos mais depois da minha separação. Ela me ajudou no período mais difícil.

— Durante o processo de divórcio?

— Sim.

— Ela trabalha?

— Muito. Tem cinco filhos menores de 8 anos.

— Cinco filhos? Todos com menos de 8 anos de idade? Uau! Ela não é sozinha, é?

— Não! E o marido é tão encantador quanto ela. Eles moram em Port Washington. Estive na casa deles várias vezes. Arlen faz um churrasco maravilhoso! Salsicha na brasa...

— Ele sorriu.

— Gosta de cachorro-quente?

— Sim, mas sabe quais eu mais aprecio?

— Não. Quais?

— Vai achar que sou maluca.

— Quais?

— Os das barraquinhas em volta do Central Park. Há algo na atmosfera...

— Fumaça de óleo diesel, sujeira de cavalo e de pombo... Ela riu.

— Está poluindo a imagem! Pense em um belo dia de primavera quando as folhas começam a brotar, ou num dia quente de verão quando o parque é um oásis no meio da cidade. Um dia de outono, quando as folhas caem no chão. Há algo em ir visitar o parque em dias assim, em comer um cachorro-quente que pode muito bem matá-lo, mas é delicioso. É... sibarítico.

— Sibarítico?

— Bem, talvez não seja sibarítico. Que tal frívolo?

— Acho que é mais aceitável. — Poderia tentar duplicar uma atmosfera sibarítica ali na montanha. Por Leah, poderia se empenhar para isso. — O que mais aprecia em Nova York?

— O anonimato. Sinto-me ameaçada por grandes grupos de pessoas que me conhecem e esperam coisas que talvez eu nunca possa realizar. Não gosto de ter de corresponder às expectativas de outras pessoas.

Sabia que o que ela dizia se relacionava em parte com a timidez que mencionara anteriormente, mas esse também era um legado de seu casamento com Richard. E também estava admirado, porque essa era uma ameaça que podia reconhecer.

— Nas ruas de Nova York sou uma completa desconhecida — ela continuou. — Posso escolher meus amigos e fazer minhas coisas como quiser, sem ser censurada. Sempre achei que morreria em uma pequena comunidade do subúrbio. Não suportaria ter de lidar com os bisbilhoteiros.

— Não sei, Leah... Acho que os bisbilhoteiros teriam de lidar com você.

— Deus me proteja disso. E das pessoas que sentem necessidade de competir para viver.

— Amém — ele concordou. — E o que mais?

— O que mais... o quê?

— O que mais você aprecia em Nova York?

Leah não precisou pensar muito.

— As oportunidades culturais. Os cursos. Adoro fazer cursos, aprender coisas novas. Victoria comentou alguma coisa sobre uma comunidade de artistas perto daqui. Ela disse que eu poderia aprender a tecer.

— Conheço uma comunidade de artistas nesta região. Quer aprender a tecer?

— O processo me fascina. Gostaria de poder criar meus próprios padrões e fazer xales, tapetes e lindas tapeçarias. Gostaria de tentar, pelo menos.

— E vai tentar. — Ele mesmo faria o tear. Pensar nela trabalhando no aparelho, pensar em ouvir o som cadenciado e hipnótico dos pentes, provocava nele uma relação terna, como se de repente pudesse se sentir em casa.

Em casa... Surpreendente. Não passara muito tempo pensando em ter uma casa. Um lar. O que conhecera na infância havia estado muito longe do ideal, e quando partira para ir escrever seu nome em locais elevados e iluminados, não tivera tempo para pensar nisso. Seu mundo havia sido o olhar do público. Seus interesses giravam em torno de coisas que o tornariam cada vez mais famoso. Um lar não servia a esse propósito. Um lar era pessoal, privado. Era algo para um homem e sua família.

— Garrick?

Ele piscou. Só então percebeu que tinha os olhos úmidos.

— O que é?

A voz dela estava carregada de preocupação. Os olhos expressavam medo. Durante momentos como esse, quando Garrick parecia tão triste e distante, ela sentia a bolha tremular. Ele tinha um passado, e por razões desconhecidas não queria falar sobre esse tempo. E ela não tinha coragem para perguntar.

Garrick forçou um sorriso trêmulo, depois a abraçou com mais força.

— Às vezes eu me torno sonhador e pensativo — disse. — É assustador.

— Não pode dividir esse sonho?

— Ainda não.

— Talvez um dia? Logo?

— Talvez. Escute, por que não nos agasalhamos e vamos lá fora?

Ela o encarou, animada.

— Eu também?

— Você também. Cansada de ficar trancada em casa?

— Não. Só não quero que você saia sozinho. Quero ir com você.

— Você tem sempre as respostas certas — ele suspirou.

A voz de Leah tinha uma nota de tristeza.

— Não. Ainda não. Talvez logo...

Eles saíram na chuva que, felizmente, agora era quase uma garoa. Garrick a levou encosta acima, apontando vários sinais de vida selvagem ao longo do caminho. A trilha era escorregadia, mas, à luz do dia e com um guia competente e paciente como Garrick, Leah progredia surpreendentemente bem. Não saberia dizer como havia acontecido, mas a montanha que antes havia parecido tão hostil agora era, mesmo envolta pela névoa, motivo de fascinação. Aquele era o lugar a que Garrick pertencia, e ela era sua hóspede de honra; era quase como se a paisagem aceitasse sua presença.

Quando desceram a encosta, eles caminharam até o local onde o carro de Leah continuava atolado e voltaram carregando mais coisas, que ele acomodou satisfeito em seu chalé.

Mais tarde, eles sucumbiram ao desejo e fizeram amor diante da lareira. Depois do clímax, quando estavam abraçados sob o edredom, Leah comentou sorrindo:

— Talvez Victoria tenha alguma percepção extrassensorial.

— Se tem, certamente sabe como empregá-la em prol da felicidade.

— Quer dizer que está feliz?

— Muito. E você?

Ela o encarou e ficou repentinamente séria.

— Eu amo você, Garrick.

Os olhos dele ficaram úmidos. Respirando fundo para manter o controle, ele a abraçou com mais força.

— Também amo você. Nunca disse isso para outra criatura viva, mas eu amo você, Leah. Deus, eu a amo! — Os lábios se apossaram dos dela com uma ferocidade que até então não se fizera notar. Mas Leah não se importava, porque reconhecia e compartilhava o sentimento por trás dessa reação. O amor que existia entre eles era tão intenso que exigia manifestações igualmente fortes.

Nos dias seguintes, o amor entre Garrick e Leah se tornou ainda mais forte. Passavam todo o tempo juntos e nunca se cansavam da companhia um do outro. Havia sempre algo a dizer, normalmente em tom doce e íntimo, mas havia períodos em que ficavam em silêncio, comunicando-se simplesmente com um olhar, um toque ou um sorriso.

Garrick a levou ao galpão para ver suas peças entalhadas enfileiradas nas prateleiras de uma estante. Ele não só as entalhara, mas, Leah descobriu, também pintara algumas com cores que correspondiam à realidade. Ela gostou especialmente de um par de aves canadenses e o convenceu a levá-las para o chalé.

Garrick fez questão de mostrar os modelos que construía com palitos de dente, explicando como começara a criá-los apenas para se divertir. Mas um dos compradores de suas peles falara sobre as peças para um casal de Boston, e agora ele tinha sua primeira encomenda, uma peça para adornar a casa do casal. Essa encomenda o mantinha ocupado.

Leah ficou maravilhada com as peças, especialmente aquelas que ele criara para si mesmo, deixando a imaginação correr solta.

— Podia ser arquiteto — ela disse, encantada com a abrangência dessa imaginação e com os detalhes que Garrick conseguira criar usando um material tão improvável. Palitos de dente!

Garrick ficou feliz com o comentário, mas não disse nada. Não poderia ser arquiteto, porque não tinha o treinamento necessário. E para obtê-lo e atuar na área, teria de voltar à cidade. A cidade era uma ameaça para ele. Seria reconhecido. Seria abordado. Seria tentado.

Mas ele não disse isso a Leah. As palavras não se formavam. Ela o amava por quem era nesse momento. Não queria desiludi-la. Não queria que ela soubesse da confusão que criara em sua vida no passado. Temia perder sua admiração, e a possibilidade de viver sem o respeito de Leah, ou, pior, sem seu amor, era aterrorizante.

Mas o incomodava o fato de não dizer a verdade. Não estava mentindo, mas ignorava aqueles eventos compreendidos em dezessete anos de vida. Era como se nunca tivessem existido. E Leah não fazia perguntas, o que o confundia ainda mais. Compartilhavam tantos pensamentos e sentimentos... Suspeitava de que ela sabia sobre a existência de um segredo sombrio, mas temia interrogá-lo pela mesma razão que ele receava revelá-lo.

Talvez por isso, também não falavam sobre o futuro. Viviam um dia de cada vez, tratando o amor como um presente precioso que nenhum deles havia esperado receber.

Com um dicionário e alguns glossários, com um Atlas e um almanaque que tratava de eventos mundiais, Leah começou a trabalhar. O ambiente tranquilo era favorável à produção, apesar das perguntas com que Garrick a bombardeava.

— Por onde você começa?

— As palavras cruzadas? Por onde eu quiser. Se for um enigma temático...

— Você define o tema.

— Exatamente. E a partir dessa definição, todas as entradas devem estar relacionadas ao tópico.

— Quais são os tópicos mais comuns?

— Pode ser qualquer um. Nomes de times de beisebol, modelos de automóveis, partes do corpo humano...

— Ah, é?

— Nada malicioso, é claro.

— Então, você começa pelo tema.

— É isso.

Ele ficou sentado em silêncio por alguns minutos, vendo Leah acrescentar palavras à lista que daria origem a um quadro de palavras cruzadas. Depois de algum tempo, Garrick voltou a falar.

— Você segue alguma fórmula especial com relação ao número de quadrados brancos e pretos?

— Não. É variável. E vale também para as letras que se cruzam e as que não se cruzam.

— Mas... são palavras cruzadas!

— Refiro-me às letras que contribuem para a formação de mais de uma palavra. As que não se cruzam servem apenas a uma ou outra palavra. Nos primeiros enigmas, todas as letras tinham de ser cruzadas. Se você decifrava metade das pistas, já conseguia resolver o enigma.

— Era muito fácil.

— Exatamente. Hoje em dia, como regra geral, devem-se cruzar apenas entre 55 e 75 por cento das letras. — Ele digeriu a informação antes de perguntar:

— E essas dicas? Passa muito tempo formulando-as e revisando-as?

— Muito tempo. Novamente, temos aqui uma variação em função da época. Antes os formuladores usavam definições primárias. Por exemplo, a dica para "ninho" deveria ser "casa de aves". Nos anos recentes, tenho visto dicas que variam de "um lugar para procriar" a "um lugar onde são postos os ovos". Minha editora é uma especialista em dicas. Ela é muito flexível e criativa. Normalmente, não tenho problemas com suas revisões.

— E com prazos? Ah, falando nisso... Não estou deixando você trabalhar muito, não é?

— Não tem importância.

Na verdade, com o passar dos dias, Leah começou a se perguntar se tudo aquilo não seria um sonho. Garrick era tudo que ela sempre havia sonhado encontrar em um homem. Era paciente quando ela estava trabalhando, e era atencioso em seus momentos de folga. Era interessante, sempre pronto para discutir qualquer assunto que surgisse, e mesmo em casos de desacordo a discussão era inteligente, equilibrada, e sempre acabava em sorrisos. Ele era perceptivo, e sabia reconhecer quando ela precisava de um intervalo. Nessas ocasiões, sugeria que fossem preparar o jantar ou jogar uma partida de xadrez com as peças que ele mesmo entalhara. Garrick era lindo, alto, forte e viril. E sexy. Muito sexy. Conseguia excitá-la com um olhar, uma palavra, um movimento, e quando faziam amor ele era apaixonado, gentil e dedicado.

A única nuvem no céu de felicidade que os cobria era a ruga que surgia na testa dele em momentos indefinidos, momentos que iam se tornando mais frequentes com o passar dos dias.

Cinco dias tornaram-se uma semana, depois dez dias, doze, duas semanas. Garrick sabia que tinha de revelar quem era. O medo permanecia, mas a necessidade de confessar era cada vez mais forte. Queria que ela soubesse tudo e o amasse mesmo assim. Queria que ela o respeitasse por ter refeito a própria vida. Queria... Precisava dividir com ela a dor do passado e o medo do presente, e queria contar com sua compreensão, com sua força e seu apoio.

Um dia, quando a chuva deu uma trégua, ele a levou para um passeio, disposto a desnudar a alma quando estivessem na montanha. Mas eles encontraram um cervo com um filhote, e Garrick não teve coragem de arruinar aquele momento.

Outro dia ele a convidou para uma caminhada, e eles desceram a encosta na direção da cidade. Planejava confessar tudo enquanto estivessem almoçando no pequeno restaurante local, mas Leah ficou tão encantada com o charme do vilarejo que ele perdeu a coragem. E depois ela insistira em telefonar para Victoria.

— Prometi que a informaria quando estivesse instalada. Ela pode estar preocupada.

— Sim, deve estar muito preocupada sem saber se você vai ou não voltar a falar com ela depois de tudo.

— Não acabou tão mal, não é?

Ele sorriu.

— Não. Mas acho que devíamos manter Victoria em suspense. Foi exatamente o que Leah fez. De um telefone público no interior do armazém, ela discou o número da amiga.

— Residência dos Lesser — atendeu uma criada muito cordial.

— A sra. Lesser está? Aqui é Leah Gates.

— Um minuto, por favor.

Não tardou para Victoria atender.

— Onde você se meteu?

— Ah, olá, Victoria.

— Leah Gates! Estou quase morrendo de preocupação!

— Não devia estar tão preocupada. Eu disse que não teria nenhum problema. O chalé é maravilhoso. Posso entender perfeitamente por que Arthur gostava tanto da montanha.

— Leah...

— Tem chovido muito, é verdade. Por isso não consegui ligar antes. Meu carro atolou e continua mergulhado no lodo.

Houve uma pausa do outro lado.

— De onde está ligando?

— Do armazém na cidade.

— E como chegou aí, se seu carro está atolado?

— Peguei uma carona.

— Leah!

Garrick pegou o telefone.

— Victoria?

Houve outra pausa breve do outro lado.

— Garrick?

— Você joga sujo.

— Ah... Graças a Deus! Ela está com você.

— Como era sua intenção.

— Está me odiando?

— Agora não.

— Mas chegou a me odiar. Por favor, Garrick, eu só queria o melhor para vocês dois. Estavam sozinhos. Tenho certeza de que a carta explica...

— Não li a carta.

— Por que não?

— Porque não quis.

— Ficou tão zangado assim? Eu não disse nada sobre você, Garrick. Leah não sabe de nada. Isto é, a menos que você tenha contado...

— Parcialmente.
— Mas não contou... aquilo?
— Não.
— Ela está na sua casa?
— Não poderia tê-la mandado embora no meio daquela tempestade, sabendo que não teria para onde ir.

Leah riu.

— Oh, Garrick, sinto muito. Sabia que vocês se dariam bem. Tinha certeza disso. São tão perfeitos um para o outro!

Garrick cobriu o fone para falar com Leah.

— Ela disse que somos perfeitos um para o outro.
— Intrometida! — Ela pegou o telefone de volta. — Não vai receber um único centavo pelo aluguel, Victoria Lesser.
— Mas você telefonou. Não pode estar tão zangada assim.
— Tenho mais consciência do que você, só isso.
— Quer que eu prepare o quarto verde, então?
— Ainda não.
— Vai passar algum tempo na montanha?

Dessa vez Leah não se preocupou em cobrir o fone para falar com Garrick.

— Ela quer saber se vou ficar aqui por um tempo. — Ele pegou o aparelho.
— Ela vai ficar. Descobri que posso ter uma criada residente.
— Não estou trabalhando para ele! — Leah gritou.
— Garrick, não se atreva a usar Leah...
— E uma cozinheira também — ele a interrompeu. — Ela faz um *foo yog* maravilhoso.
— Não faço, não! — Leah protestou, recuperando o fone.
— É só uma brincadeira, Victoria.

— Devia anotar o nome do prato para usar nos seus enigmas — Garrick comentou, rindo.

— Do que ele está falando, Leah?

— Garrick está fazendo piadas sobre meus dotes culinários e meu trabalho. Ele é impossível! Viu só no que me meteu?

— Deixe-me falar com Garrick, por favor. — Leah passou o telefone para ele.

— Sim, Victoria?

— Não quero que ela sofra, ouviu bem?

— Eu sei.

— Ela já enfrentou muitos problemas. Podem me odiar, se quiserem, pois sei que mereço. Mas exijo que a trate bem, e isso significa que vai ter de usar sua capacidade de julgamento. Se ler minha carta, vai compreender que ela é inteiramente confiável...

— Não preciso de sua carta para ter certeza disso.

— Se não se entenderem, quero que a mande de volta para cá.

— Vamos nos entender.

— Bem?

— Muito bem.

— Bem o bastante para pensarem na possibilidade de um futuro juntos?

— Ah... talvez.

— Então, vai ter de contar a ela. Sabe disso, não é?

— Sei.

— Vai contar?

— Vou.

— Se esperar demais, ela pode ficar magoada.
— Eu sei disso, Victoria — ele respondeu impaciente.
— Sei que vai fazer o que é melhor. O que é correto.
— Pode estar certa disso. Ah, Leah quer se despedir de você. Fale com ela, está bem?

Garrick sorriu para Leah, mas, por dentro, sentia-se morrer. Fazer o que era melhor. O que era correto. Precisava contar a ela.

Mas... quando?

Capítulo 7

A verdade acabou se revelando sem nenhum planejamento por parte de Garrick. Foi uma declaração tão espontânea quanto o restante do relacionamento.

Leah estava em sua casa havia mais de duas semanas. Naquela manhã específica, eles haviam enfrentado a lama para ir verificar o progresso do dique que um castor construíra numa correnteza próxima. Mais tarde, quando voltaram ao chalé, eles vestiram roupas limpas e secas e se sentaram diante do fogo.

Garrick lia um dos livros que Leah levara de Nova York; eles descobriram que gostavam de discutir títulos que ambos já haviam lido. Leah estava perto dele no sofá, com as costas apoiadas em seu braço, os pés apoiados na lateral do sofá. Ela ouvia música usando o fone de ouvido que Garrick resgatara de seu equipamento velho e quebrado. Num impulso, ele abandonou o livro e removeu os fones de ouvido da cabeça de Leah.

— Quero ouvir também — disse.

— Quer mesmo? Você gosta de silêncio...
— Quero ouvir sua música. Além do mais, não gosto de me sentir excluído.

Virando-se, ela se ajoelhou no sofá para abraçá-lo.

— Você não foi excluído. Mantenho o volume bem baixo, e assim posso ouvir tudo que você disser.

— Quero ouvir a música. Se você gosta dela, talvez eu também possa gostar. Temos gostos semelhantes.

— Você detestou o novo livro de Ludlum, e eu adorei.

— Mas nós dois achamos que o de Le Carré é maravilhoso.

— Você odiou aquele frango ao curry que comemos no jantar há duas ou três noites.

— Porque exagerei no curry. E não diga que gostou do exagero, porque vi você bebendo litros de água enquanto comia.

— Você detestou o cuco que fiz para você usando minha técnica de origami.

— Não detestei. Só não sabia o que era. Agora, será que pode tirar os fones e aumentar o volume do rádio? Quero ouvir a música.

— Tem certeza?

— Tenho!

Contente, ela atendeu ao pedido. Os sons de uma guitarra e a voz harmoniosa do cantor invadiram a sala, e ela estudou a expressão de Garrick.

— Cat Stevens — ele sorriu. — Essa é velha.

— 1974.

Depois de Cat Stevens, eles ouviram Simon e Garfunkel, que Garrick também reconheceu e aprovou.

— É estranho... Nunca dera muita atenção às letras antes. Sempre associei esse tipo de canção com música de fundo em restaurantes.

— Onde?

— Los Angeles.

— Trabalhava lá?

— Sim.

— E viveu lá por muito tempo?

— Dezessete anos.

Leah não fez mais perguntas, mas o encarou com uma expressão cheia de expectativa. Quando ele a fitou, seu coração disparou.

— Eu era ator.

Devia ter ouvido mal.

— Como disse?

— Eu era ator.

— Ator... — Leah engoliu em seco.

— Sim. — Os olhos permaneciam fixos nos dela.

— Cinema?

— Televisão.

— Eu... Seu nome não despertou nenhuma lembrança.

— Porque eu usava um nome artístico.

Um ator? Garrick, o homem que amava por seu estilo privado, um ator? Devia ter sido apenas uma ocupação ocasional. Talvez um figurante. Sim, era isso. Garrick fora figurante.

— Esteve no ar muitas vezes?

— Todas as semanas durante nove anos. E com frequência menor antes e depois desse período.

Ela engoliu em seco e cruzou os braços naquele conhecido gesto de autodefesa.

— Tinha um papel importante, então. — Ele assentiu.
— Qual é seu nome?
— Você sabe. Fui batizado Garrick.
— Seu nome artístico.
— Greg Reynolds.

Leah empalideceu. Um silêncio tenso invadiu o chalé; sentia mais do que ouvia a bolha de felicidade explodindo. Nunca fora fã de televisão, mas tinha olhos. Até mesmo ela, que nunca tivera uma memória excelente, lembrava bem o significado desse nome. Cansara de vê-lo estampado nas manchetes dos tabloides e nas capas de revistas.

— Não pode ser — gemeu aturdida.
— É.
— Não o reconheço!
— Você disse que não costumava assistir à televisão.
— Mas vi muitas manchetes... Havia fotos...
— Estou muito diferente do que era naquele tempo.

Leah tentou analisar os traços, mas era como se eles perdessem a nitidez. Como se dois rostos se sobrepusessem. O Garrick que ela conhecia... o outro homem. Um estranho. Conhecido pelo resto do mundo, mas não por ela. Amava Garrick. Ou ele...

— Devia ter me contado antes.
— Não pude.
— Mas... Greg Reynolds? — ela gritou, horrorizada. — Um astro!
— Não mais, Leah. Fui um astro, hoje sou só um homem comum.

Ela abaixou a cabeça e massageou a testa, tentando pensar, o que era difícil.

— A série era...

— Pagen's Law. Policiais e bandidos. Coisa de homem...

— Um seriado que milhões de pessoas viam todas as semanas. — Ela se encolheu no canto do sofá e murmurou: — Um ator. Um ator de sucesso! — Garrick se aproximou e segurou as mãos dela.

— Eu fui um ator, mas acabou. Agora sou Garrick Rodenhiser, armador de laços, estudante de latim, entalhador, artesão... o homem que você ama.

— Não posso amar um ator. Não sobreviveria à exposição pela mídia.

— Nem eu, Leah. Greg Reynolds está morto. Não existe mais. Por isso estou aqui. Eu. Garrick. Esta é minha vida. O que você vê, o que tem visto desde que chegou aqui.

Ela parecia se encolher ainda mais no sofá. Sem dizer nada, Leah mantinha os olhos fixos no chão.

— Escute, não vou deixar você se afastar de mim — Garrick declarou com firmeza. — Não vai voltar para dentro da concha. Fale comigo. Quero saber o que sente e em que está pensando.

— Você é um superastro. Um sucesso fenomenal.

— Fui! Acabou!

— Não pode ser! Não vai conseguir ficar longe disso para sempre. Eles não vão deixar!

— Eles não me querem, e mesmo que quisessem, não teriam o poder de decidir minha vida. A escolha é minha.

— Mas você vai querer voltar...

— Não! Acabou, Leah! Não vou voltar! Estraguei tudo! Não posso voltar!

A angústia não era mais só dela. Podia vê-la estampada nos olhos de Garrick, identificar neles a dor que já havia vislumbrado antes. Precisava saber a verdade.

— O que aconteceu?

Para Garrick, essa era a parte mais difícil. Uma coisa era revelar que tivera sucesso e fama, outra era explicar como distorcera esses fatores e os transformara em desgraça pessoal. Mas já havia ido longe demais para poder recuar. Além do mais, devia isso a Leah. Devia a verdade a si mesmo.

Ele se levantou e foi até a janela. O sol brilhava, mas a escuridão dentro dele ofuscava a alegria que podia ter sentido ao ver a luz dourada que banhava a paisagem externa.

— Fui para a costa logo depois de terminar o colégio — ele começou. — Na época, essa parecia ser a opção mais óbvia. A única coisa que eu queria de verdade era ser notado. E acho que você sabe por quê. Eu tinha boa aparência. Era alto, atraente... Tinha também a astúcia que muitos outros não tinham, e a determinação. Fiquei ali por algum tempo, conhecendo o lugar, observando tudo, descobrindo quem tinha o poder e como me aproximar dele. Então, comecei a trabalhar. Primeiro, conversei com um agente conhecido e o convenci e me representar, depois fiz tudo que ele me pediu. Boa parte disso era inútil. Papéis pequenos e ruins. Mas eu os fiz bem, e tomei o cuidado de ser visto pelas pessoas certas.

Ele se virou para ter certeza de que Leah o ouvia. Ela o acompanhava com atenção, em silêncio.

— Estava em Los Angeles havia três anos, sempre desempenhando papéis secundários, mas consistentes, quando decidi que era hora de chegar ao topo. Então comecei a me esforçar mais, a trabalhar duro. Logo aprendi que o talento e a aparência não eram os únicos ingredientes dessa receita. Havia a política também.

— Política suja. E fiz o jogo com mais habilidade do que todos os outros que me cercavam. Fui adulador quando tive de ser, dormi com quem tinha de dormir... e racionalizei tudo isso dizendo a mim mesmo que os fins justificariam os meios. Cinco anos depois da minha chegada, fui escolhido para o papel de Pagen. Não sei dizer por que a série fez tanto sucesso. Não vejo nada de espetacular nela. Mas o público adorou o material, e isso deu dinheiro aos patrocinadores, à emissora, aos produtores, aos diretores... e a mim. Por isso continuamos com aquele trabalho, e na época acreditava na mídia. Convenci-me de que o programa era fenomenal e de que eu era a razão desse fenômeno.

Ele balançou a cabeça e sorriu com amargura.

— Esse foi meu primeiro erro. Não, mentira. Meu primeiro erro foi ir para Hollywood, porque aquele lugar não é para mim. Nunca foi. Convenci-me do contrário, e esse foi meu segundo erro. O terceiro foi acreditar que conquistei o sucesso por merecimento próprio. Depois disso, os erros foram se acumulando, uns sobre os outros, até que me vi soterrado por eles, sem saber para onde ir.

Garrick queria se ajoelhar diante de Leah e pedir perdão por quem havia sido no passado, mas sabia que ainda tinha outras revelações a fazer antes disso.

Ele a encarou, mas continuou parado ao lado da janela.

— A série foi ao ar por nove anos, e durante esse tempo brilhei progressivamente e me expandi de maneira descontrolada. Tornei-me cada vez mais arrogante, mais difícil de lidar. Eu era o astro, era melhor do que todos os outros. Era a melhor coisa que acontecia em Hollywood em décadas. O que eu tocava virava ouro. Apenas meu nome era capaz de tornar qualquer produção um sucesso. E houve outras. Depois de cinco anos como Pagen, comecei a fazer filmes nos intervalos de filmagem da série. No início lutei contra isso. Não sabia o motivo, mas a ideia me desagradava. Agora sei que algo em mim já sugeria que estava indo além do limite, que precisava de um intervalo para aquela corrida desenfreada. Eram dois meses de férias, e eu devia aproveitá-las para descansar, recolher-me e recarregar as baterias. Mas não suportava ficar longe da mídia. Não queria entrar em contato com quem realmente eu era. Fui me tornando ganancioso. Queria ser mais famoso, mais rico, mais assediado. Queria me tornar um nome indelével no mundo do entretenimento. Queria ser uma lenda. — Garrick abaixou a cabeça e massageou a nuca, como se o relato fosse fonte de grande tensão. Mesmo tenso, ele seguiu em frente.

— Estava ficando apavorado. Era essa a verdade. Tinha medo de que, se não agarrasse tudo aquilo imediatamente, enquanto ainda podia, alguém roubaria tudo de mim. Mas eu não era tão bom quanto se dizia. Ah, sim, eu era Pagen. Podia desempenhar esse papel porque ele não exigia grande talento dramático. Algumas outras coisas, como os filmes, exigiam mais do ator, e não fui capaz de corresponder às expectativas. Nenhum deles foi um grande sucesso de crítica ou bilheteria e isso me deixou nervoso. Porém, em vez de agir com sensatez, em vez de me afastar e usar minhas economias para planejar o futuro, lutei contra a realidade. Desafiei publicamente os críticos. Anunciei que o gosto pelo cinema medíocre sempre prevaleceria em Hollywood. E fui me tornando cada vez pior nos *sets*. Tornei-me paranoico. Convenci-me de que todos esperavam meu fracasso, que me perseguiam, que sorriam enquanto antecipavam o prazer de me ver cair. Infeliz como estava, comecei a beber. Quando me dei conta de que o álcool não aliviava minha dor, passei a usar cocaína e outras drogas, todas que me caíam nas mãos, qualquer coisa que disfarçasse a infelicidade. Só consegui me distanciar da realidade, e, no mundo do entretenimento, a realidade significa sucesso extraordinário e quedas devastadoras. Pagen's Law saiu do ar depois de nove anos de exibição, basicamente porque minha instabilidade impediu o prosseguimento do trabalho. Os produtores não encontravam mais nenhum diretor que quisesse trabalhar comigo. Tinham dificuldades até para montar a equipe técnica, porque eu era tão impaciente, tão exigente e crítico que ninguém queria trabalhar comigo. Estava sempre bêbado ou de ressaca, ou tão drogado que não conseguia nem ler o *script*. Quando isso acontecia, eu culpava todos que encontrava em meu caminho. A queda foi inevitável e rápida. Fiz pequenos papéis depois do fim da série, mas eles foram se tornando escassos e menos importantes. Novos programas, novos atores... O rei estava morto. Vida longa ao novo rei. No final, estava sem amigos e sem trabalho. Transformei-me num pária, e a culpa era toda minha. Fiquei tão obcecado pela ideia de ser um astro que não conseguia imaginar um futuro sem essa condição. Um dia, quando finalmente admiti que estava acabado, peguei minha

Ferrari e saí dirigindo como um alucinado pelas colinas. Perdi o controle em uma curva e saí da estrada. A última coisa de que me lembro é de ter agradecido a Deus por tudo ter acabado.

Leah chorava. Ele se aproximou e estendeu a mão para tocá-la, mas desistiu. Precisava do contato físico, mas não sabia se tinha o direito de buscá-lo. Sentia-se mal, mesquinho, sem valor, como se sentira ao acordar no hospital depois do acidente.

— Mas não havia acabado — ele continuou em tom deprimido. — Por alguma razão, Deus me poupou. Os médicos disseram que o fato de ter estado embriagado me salvou de ferimentos mais graves. Estava tão relaxado quando fui atirado para fora do carro que sofri apenas algumas fraturas e escoriações. No final, deduzi que alguém me enviara uma mensagem. Alguém tentava me fazer entender que eu não podia ter passado 36 anos da minha vida me preparando para o suicídio.

— Havia mais que isso reservado para mim. No início não ouvi o recado, porque estava tão mergulhado na autopiedade que não conseguia ver nada além dela. Mas tive tempo. Muito tempo. Semanas deitado em uma cama de hospital. Sozinho. Acabei aceitando o que alguém estava tentando me dizer. Assim que pude dirigir novamente, deixei Los Angeles sem saber para onde estava indo, mas certo de que precisava me afastar daquele mundo. Continuei dirigindo, tomado pela certeza de que, quando encontrasse um lugar confortável, eu saberia. Quando cheguei a New Hampshire, tive o pressentimento de que aquele era o fim da linha.

O sorriso de Garrick traduzia parte da esperança que havia experimentado naquele dia.

Ele prosseguiu:

— Vi este lugar. O marido de Victoria era dono do chalé e costumava usá-lo em suas viagens de caça, e Victoria o manteve por algum tempo depois da morte de Arthur. Pouco depois da minha chegada, ela pôs o imóvel à venda por intermédio de um corretor local. Fiquei encantado desde o início. Por isso decidi comprá-lo. É estranho como às vezes podemos ser ignorantes sobre nossos atos. Ao longo de todos aqueles anos de sucesso, de excessos, a única coisa que fiz certo foi contratar um consultor para cuidar das minhas finanças. Ele investiu meu dinheiro com sabedoria e o protegeu contra a minha loucura. Posso viver confortavelmente dos rendimentos desse investimento sem mexer no capital.

Era o fim da história. Pelo menos com relação ao passado.

— Aqui construí uma nova vida, Leah. Estou limpo há anos. Não toco em álcool ou drogas e nunca mais pratiquei sexo indiscriminado. Aquela outra vida não era minha. Se fosse, eu não a teria arruinado. É nesse tipo de vida que me sinto bem, confortável. Não posso... não quero voltar àquela outra. E você tem razão. Devia ter contado tudo antes. Mas não consegui, porque tive medo. Ainda tenho.

Leah chorava.

— Também tenho medo — ela murmurou.

Garrick a tocou com certa timidez, enxugando o rosto molhado.

— Não precisa ter medo. Não de mim. Você me conhece melhor do que qualquer outra pessoa jamais conheceu.

— Mas aquele outro homem...
— Não existe. Nunca existiu de verdade. Era uma farsa, uma imagem, como tudo em Hollywood. Uma imagem sem fundação cujo colapso era inevitável. Não quero mais esse tipo de vida. Você precisa acreditar nisso, Leah. A única vida que desejo é a que tenho aqui, o que tivemos nas últimas duas semanas. É real. É totalmente gratificante...
— Mas e a necessidade de reconhecimento público? Isso não está no sangue? No seu sangue?
— Esteve em mim e quase me matou. Era como um vírus, uma doença. A cura também foi quase letal, mas surtiu efeito. — Ele respirou fundo. — Não deixe os erros que cometi no passado destruírem o nosso presente. O nosso futuro. Aprendi muito com eles. Por Deus, foram lições duras!

Leah queria acreditar em tudo que ouvira. Queria tanto acreditar nele que estava tremendo, e as mãos agarraram os ombros dele.

— Greg Reynolds não se sentiria atraído por mim...
— Não. Mas Garrick Rodenhiser está totalmente encantado por você.
— Eu não seria nada no mundo de Greg Reynolds.
— Você é tudo em meu mundo.
— Não seria capaz de participar desses jogos. Não pude jogá-los com Richard...

Incapaz de passar mais um minuto longe dela, Garrick beijou-a, expressando sua necessidade de maneira eloquente e voraz. Era um beijo possessivo, desesperado e quente, e Leah correspondeu com a mesma intensidade em todos os aspectos.

— Nunca mais seja aquele homem — ela suplicou, chorando. — Acho que morreria se você retomasse aquela outra vida.

— Nunca! Nunca! Quero amar você! Quero lhe dar tudo... tudo que guardei para você... tudo que ganhou vida desde que você chegou aqui e entrou no meu mundo. Você é tudo que eu sempre quis.

Leah se atirou nos braços dele e o beijou. Esse era o Garrick que conhecia, o homem que a excitava como nenhum outro jamais havia conseguido, o que a julgava linda e inteligente, o homem que a amava. Sentia-se como se tivesse viajado de um extremo ao outro da galáxia desde que Garrick começara a relatar sua história. Em um planeta distante estava o ator, mas em órbitas progressivamente mais próximas estava o homem que sofrera o medo, a desilusão, a dor. Mais próximo ainda estava o homem que chegara ao fundo do poço e começara a reconstrução de si mesmo. E ali, com ela, estava o resultado de todo esse processo.

— Amo você — ela murmurou, começando a despi-lo.

E eles fizeram amor na frente da lareira, vivendo o mais intenso de todos os orgasmos que haviam tido juntos.

Mais tarde, enquanto a abraçava e afagava seus cabelos úmidos de suor, ele disse:

— Quero me casar com você, Leah, mas não vou fazer o pedido agora. Hoje foi um dia de muitos acontecimentos. Não seria justo. Mas venho pensando nisso constantemente, porque é a única coisa que quero na vida e ainda não tenho neste momento.

Leah assentiu, mas não disse nada. Estava exausta e feliz. Sim, fora um dia atribulado de eventos importantes e envolventes. Mas havia algo mais, algo que caminhava de mãos dadas com essa ideia do casamento e que ela ainda não mencionara. Ela também tinha seus segredos, e agora era quem carregava o fardo da iminência de revelá-los.

Mas os fardos têm um jeito todo especial de cair dos ombros quando menos se espera. Fora assim com a inesperada confissão de Garrick. E da mesma forma com o segredo de Leah.

Um mês se passara desde a sua chegada ao chalé. Os dias se sucediam num fio interminável de felicidade. Com o fim da temporada do lodo, a Cherokee de Garrick voltou a ter utilidade. Eles foram à cidade comprar mantimentos, visitaram a colônia dos artistas, onde Leah se informou sobre as aulas de tecelagem, estiveram nas ruínas do chalé de Victoria e desatolaram o Golf, que Leah estacionou atrás do chalé de Garrick. Caminhavam juntos pela floresta, sempre ao nascer do dia, quando Garrick ia inspecionar as armadilhas que deixava, e faziam piqueniques em clareiras cercadas pelo doce aroma do renascimento da primavera.

Então, numa certa manhã, Leah acordou com uma estranha sensação de desconforto. A sensação passou, e ela a tirou da mente. Mas, na manhã seguinte, lá estava ela novamente, dessa vez acompanhada por uma náusea persistente. Garrick preparava o café da manhã quando a viu correr para o banheiro. Ele a seguiu e a encontrou debruçada sobre o vaso.

— O que foi, meu bem? — perguntou preocupado, pressionando uma compressa fria sobre a sua testa.

— Garrick... oh...
— O que foi, Leah? O que está sentindo? — Ela estava pálida, trêmula.
— Não pensei que aconteceria... que pudesse acontecer...
— O que, meu amor?
— E nunca me senti enjoada como agora...
— Leah?
— Meu Deus! — Ela cobriu o rosto com as mãos e se apoiou no peito de Garrick. — Meu Deus!

Ele a abraçava.
— Leah, está me deixando assustado.
— Eu sei... sinto muito... Acho... que estou esperando um bebê. — Por um momento ele não reagiu. Depois, começou a tremer. Segurando o rosto dela entre as mãos, fitou-a, estudando seus olhos.
— Eu pensei... Acho que deduzi que você... Não devia ter... Tem certeza?
— Não.
— Mas está desconfiada?
— O enjoo. Também tive ontem, embora mais fraco. E a menstruação atrasou. Não pensei... Nunca foi assim.
— Não está usando nenhum método contraceptivo? Um DIU, talvez?
— Nunca tive de me preocupar com isso. Conceber sempre foi um problema para mim.
— Parece que o problema se resolveu — Garrick decidiu, orgulhoso e feliz. Porém, algo na expressão dela o intrigava.
— Já esteve grávida antes, não é?

Ela assentiu. Depois se dissolveu em lágrimas.
— O que aconteceu, Leah?

Ela precisou de algum tempo para se controlar e responder com voz pesarosa:

— Natimorto. Levei a gravidez até o fim, nove meses de gestação, mas os bebês estavam mortos.

— Bebês?

— Dois. Duas gestações distintas. E os dois bebês nasceram mortos.

— Meu Deus! Leah, sinto muito...

Ela chorava copiosamente, mas as palavras ainda jorravam, entrecortadas por soluços.

— Eu os queria... tanto... Richard queria os bebês. E me culpou... E continuou me culpando mesmo depois de os médicos afirmarem que eu não havia feito nada... nada de errado.

— É claro que não fez nada de errado. Qual foi a causa de tudo isso? Os médicos disseram?

— Isso foi o pior de tudo. Eles não souberam determinar!

— Shhh... Está tudo bem. Tudo vai ficar bem. — Garrick a abraçou e sorriu. Um bebê. Leah esperava um bebê. Seu filho. — Nosso bebê — ele sussurrou.

— Eu não... tenho certeza.

— Bem, vamos ter de procurar um médico e descobrir.

— Pode ser cedo demais.

— O médico saberá.

— Oh, Garrick — ela gemeu, chorando novamente. — Estou tão... assustada! — Ele a encarou. Os dedos tocavam seu rosto e secavam suas lágrimas.

— Não há nada a temer. Estou aqui. Vamos enfrentar tudo isso juntos.

— Você não entende! Eu quero o bebê. Quero ter seu filho e, se algo acontecer com ele, não sei o que vou fazer!

— Não vai acontecer nada. Não vou permitir.
— Você não pode impedir. Ninguém pôde fazer nada na última vez, nem antes disso.
— Dessa vez vai ser diferente. — Havia convicção na voz dele. Tomando-a nos braços, ele a levou para fora do banheiro e a deitou na cama. — Agora quero que descanse. Mais tarde vamos sair e providenciar a papelada do casamento.
— Não, Garrick.
— Como assim? Não?
— Não posso me casar com você. Ainda não.
— Porque não tem certeza da gravidez? Quero me casar com você do mesmo jeito. Você me ama, não?
— Sim.
— E eu amo você. Assim, se estiver grávida, o bebê vai ser mais uma alegria. Mas o casamento não depende disso.
— Mas eu não quero me casar... ainda.
— Por que não?
— Porque não sei se posso ter filhos. Não sei se posso trazer ao mundo uma criança viva. E, se não puder, estarei sempre atormentada pela ideia de que você se casou comigo precipitadamente. De que sou um fardo em sua vida.
— Nunca ouvi nada mais absurdo. Eu amo você, Leah. Há duas semanas eu disse que quero me casar com você, e isso foi antes de mencionarmos a possibilidade de ter um filho.
— Não quer ter filhos?
— Sim, quero, mas nunca contei com eles. Até um mês atrás, estava mais do que conformado com a ideia de passar o resto da vida sozinho. Então você apareceu e mudou tudo

isso. Não entende? Com ou sem bebê, ter você a meu lado já é muito mais do que sonhei e...

— Por favor — ela pediu. — Por favor, espere. Por mim. Preciso esperar para me casar. Preciso saber o que vai acontecer. Se... se acontecer alguma coisa com o bebê e mesmo assim você ainda me quiser, então nós nos casaremos. Mas eu não me sentiria confortável aceitando-o agora. Se estiver grávida, os próximos meses serão muito difíceis para mim. Se, além disso, ainda tiver de me preocupar com a iminência da destruição do meu casamento... eu não suportaria, Garrick. Não outra vez. — Garrick fechou os olhos para conter o sofrimento causado pela repentina compreensão.

— Foi isso que aconteceu com Richard?

— Sim — ela sussurrou.

— Você mencionou outras coisas...

— Sim, eu sei. E talvez o casamento tivesse fracassado de qualquer maneira. Mas o bebê... os bebês... esse foi o golpe final. Richard esperava que eu desse a ele filhos saudáveis. A família perfeita comporia a imagem que ele queria projetar no mundo. A esposa, a casa, as crianças... Na primeira vez que aconteceu, decidimos que havia sido apenas uma infelicidade. O acaso. Mas na segunda vez, depois de esperar, rezar e me preocupar... bem, não havia mais nenhuma esperança para nós como casal.

— Então ele era um bastardo — Garrick rosnou, furioso.

— Podiam ter adotado... Não, esqueça o que eu disse. Nesse caso, você ainda estaria casada com ele e longe de mim. Eu quero você, Leah. Se os filhos vierem, eu os amarei. Caso contrário, e se mesmo assim decidirmos que queremos ter filhos, adotaremos uma ou várias crianças. Mas não podemos adotar um bebê a menos que sejamos casados.

Leah fechou os olhos. Sentia-se exausta, mais emocional do que fisicamente.

— Não planejava engravidar.

— As melhores coisas da vida acontecem assim. Sem planejamento.

— Preferia ter esperado e vivido só com você por mais tempo.

— Você vai poder viver comigo para sempre, se quiser. Case-se comigo, Leah.

— Garrick, eu amo você. Amo-o tanto que chego a experimentar esse sentimento como uma dor física. Mas quero esperar. Por favor. Se você me ama, atenda a esse meu pedido. Um pedaço de papel não tem nenhum significado para mim. Pelo contrário, esse mesmo documento só vai exercer mais pressão psicológica. E, se estiver mesmo grávida, não quero sofrer nenhum tipo de pressão.

Garrick não concordava com ela. Não entendia como o casamento poderia causar mais estresse, considerando o que já revelara sobre seus sentimentos. Mas sabia que ela acreditava no que estava dizendo, e como era isso que contava, não tinha escolha a não ser concordar com ela.

— Minha oferta está mantida. Se estiver mesmo grávida, promete ao menos considerá-la?

Aliviada, ela assentiu.

— E se estiver grávida, e se mudar de ideia em algum momento dos próximos meses, vai me dizer? — Mais uma vez, a resposta foi um movimento afirmativo com a cabeça.

— Só tenho uma condição. No caso de confirmarmos a gravidez, quero providenciar os papéis do casamento antes do parto. Quando o bebê nascer, ele vai ter de esperar para mamar depois de um juiz nos declarar marido e mulher.

— No quarto da maternidade?

— Sim, senhora.

Ela o abraçou e se aninhou em seu peito. Amava pensar em tudo isso. Um novo marido, um bebê saudável, uma vida que recomeçava... Não ousava apostar muito nesse panorama perfeito, porque já havia sofrido duas decepções com relação ao quesito maternidade, mas as perspectivas eram encantadoras. Simplesmente perfeitas.

Capítulo 8

Pensamentos positivos sempre acabavam sufocados quando outros menos agradáveis adquiriam força. Foi o que aconteceu quando Leah foi ao médico local e confirmou a gravidez. A reação inicial foi de entusiasmo, e Garrick não só compartilhou o sentimento, como o ampliou dezenas de vezes. Mas logo o medo se fez presente. Com ele, veio a preocupação, a questão prática sobre como lidar com uma nova gravidez depois de dois lamentáveis fracassos anteriores.

— Gostaria de poder falar com meu médico em Nova York — ela confessou certa noite quando conversava com Garrick na varanda do chalé. Fora um lindo dia de maio, mas Leah não conseguia se livrar da apreensão.

— Não há problema — respondeu Garrick. — Podemos ir até a cidade amanhã e ligar para ele. Na verdade, estive pensando se não seria bom instalar um telefone aqui no chalé. — Jamais pensara nisso antes, mas agora que Leah esperava um bebê, nuvens de preocupação pairavam em seu otimismo. Ter um telefone seria a diferença entre poder obter ajuda em caso de emergência ou ficar impotente.

Ela o encarou, tímida.

— Gostaria de voltar para Nova York.

— Voltar...? — O tom alarmado a fez rir.

— Só para uma consulta com o dr. John Reiner.

— Não sentiu confiança no médico que a examinou aqui?

— Não é isso. John conhece meu histórico médico. Se alguém pode lançar alguma luz sobre o que aconteceu anteriormente e impedir uma recorrência, ele é essa pessoa.

— Não podemos dizer a Henderson para ligar para ele?

— Prefiro ir até lá e consultar John pessoalmente.

Garrick sentiu o coração apertado, mas não era um sentimento novo. Não inteiramente. Experimentava-o com frequência ultimamente, em especial quando Leah se retraía ou mergulhava em silêncios mais prolongados.

— Não está pensando em ter o bebê em Nova York, está? — ele perguntou, temeroso.

— Oh, não! Mas, para assegurar minha tranquilidade, gostaria de ir ver John. Só para fazer os exames iniciais. Talvez ele possa sugerir alguma coisa, como dietas, exercício, repouso, vitaminas... enfim, qualquer coisa que possa melhorar as chances do bebê.

Posto dessa maneira, Garrick não podia se opor. Queria o bebê tanto quanto Leah, ou mais até, porque sabia o quanto essa criança significava para ela. Mesmo assim, não gostava da ideia de se separar dela, nem mesmo por alguns poucos dias. Não gostava da ideia de Leah viajar de volta a Nova York.

E não podia ir com ela.

— Não quero que pegue a estrada dirigindo. Pode pegar um avião em Concord. Entrarei em contato com Victoria e pedirei a ela para ir buscá-la em LaGuardia.

— Quer dizer que não vai comigo?

Devia saber. Garrick não parecia desgostar da cidade com a mesma intensidade com que a temia. Mesmo que não tivesse a necessidade de ir a Nova York, teria preferido ver um médico em um hospital, mas para isso teriam sido forçados a entrar em uma cidade, e Garrick se apavorava até mesmo com os pequenos centros de New Hampshire. Insistira para que ela procurasse um médico local, e para isso tiveram de percorrer uma distância razoável de carro. A viagem levara quarenta minutos. Garrick se recusara a parar para comer antes de ultrapassar o perímetro da pequena área onde se sentia seguro.

Seus olhos estavam fixos na paisagem, mas sua expressão era de tormento.

— Não — ele respondeu. — Não posso ir.

Leah assentiu e baixou o olhar. Essa impossibilidade era algo com que teria de aprender a lidar. Era uma condição mental para Garrick, uma condição que representava um medo que ela até era capaz de entender, mas com o qual jamais concordaria. Por outro lado, que direito tinha de discutir? Não fora firme ao decretar que o casamento deveria ser adiado? Garrick não concordava com isso, mas entendera sua posição e a aceitara.

— Vou ter de ligar para marcar uma consulta, mas tenho certeza de que ele poderá me atender nas próximas semanas. Posso resolver tudo em um único dia e voltar.

Garrick balançou a cabeça negativamente.

— Não, Leah. O estresse e a pressa acabariam por contrariar o propósito da viagem. Não quero que nada aconteça. Se tiver de cumprir horários de voos e consulta, passará o dia inteiro tensa, correndo de um lado para o outro, sem tempo para se alimentar e descansar, e vai acabar exausta e agitada.

— E daí? Comerei e dormirei quando chegar aqui. — Não queria ficar longe de Garrick por mais tempo do que o necessário. — O bebê está bem nesse estágio da gravidez. Acho que até o enjoo matinal é um bom sinal. O dr. Henderson disse isso. Não tive enjoo matinal nas outras duas gestações.

Mas ele era insistente.

— Passe a noite na casa de Victoria. Assim não vou ficar tão preocupado.

Uma semana mais tarde, Leah voou até Nova York, consultou-se com John Reiner e passou a noite na casa de Victoria. Devia ter sido um encontro feliz, e foi, ao menos em alguns sentidos. Victoria ficou eufórica quando soube que Leah e Garrick estavam apaixonados, e ficou ainda mais feliz quando, notando sua apreensão com relação à consulta de emergência, Leah decidiu revelar que estava esperando um bebê.

Mas algumas declarações do médico desanimaram Leah. Ela se sentia um pouco receosa quando, na tarde seguinte, Garrick foi buscá-la no aeroporto em Concord.

— Como se sente? — ele perguntou enquanto a conduzia ao carro. Havia telefonado para Victoria na noite anterior usando o aparelho recém-instalado no chalé, e sabia que o médico havia realmente confirmado a gestação e atestado suas boas condições gerais.

— Cansada. Você tinha razão. Foi uma correria horrível. É difícil acreditar que eu costumava viver desse jeito... e ainda gostava.

— Venha, vamos para casa.

Ela ficou quieta durante a maior parte do trajeto. Com a cabeça reclinada e os olhos fechados, tentava decidir qual seria a melhor maneira de dizer o que tinha para falar. Não foi naquela noite que ela encontrou uma resposta, porque, quando chegaram ao chalé, Garrick a surpreendeu com um pequeno tear de mesa e vários livros sobre como tecer faixas e outras peças simples como cintos e tiras retangulares. Ela ficou tão emocionada com o gesto de carinho, que não quis fazer nada que pudesse estragar aquele momento. Mais tarde fizeram amor, e ela não conseguiu pensar em nada que não fosse o prazer proporcionado por Garrick.

Mas, na manhã seguinte, Leah soube que precisava falar. Não tinha importância sentir-se morrer por dentro. O que importava era que o bebê, dela e de Garrick, tinha chances de nascer vivo.

— Fale de uma vez, meu amor — ele murmurou.

Assustada, Leah virou a cabeça no travesseiro para observá-lo. Estava deitada na cama, ao lado dele, mas não imaginava que Garrick estivesse acordado.

— Como...?

— Você está acordada há mais de uma hora. Estou aqui observando suas expressões, ouvindo seus suspiros... Alguma coisa não está bem.

— John fez uma sugestão que talvez você não aprove — ela começou hesitante, aninhando-se nos braços dele.

— Ah, não... Ele não quer que tenhamos sexo. — Leah riu, mas era uma risada triste.

— Não é nada disso.

— Então...? — Ela respirou fundo.

— Ele acha melhor que eu me mantenha perto de um hospital a partir da metade da gravidez... e até o fim dela.

— Manter-se perto. O que significa isso?

— Viver na cidade. Ele me deu o nome de um colega, um médico que deixou Nova York há muitos anos e foi chefiar o departamento de obstetrícia em um hospital em Concord. John confia nele cegamente. Ele quer que esse colega assuma o acompanhamento da minha gravidez.

— Entendo. — Garrick se sentou na cama, apoiou-se nos travesseiros e manteve o olhar fixo na janela. — O que pensa disso?

— Quero o que for melhor para o bebê.

— Quer se mudar para a cidade?

— Pessoalmente? Não.

— Então, não vá.

— Não é tão simples assim. Meus sentimentos pessoais ficam em segundo plano. Nada é mais importante do que assegurar todas as chances de sobrevivência para o filho que estou esperando.

— O que exatamente seu médico acha que esse profissional em Concord poderá fazer?

— Exames específicos, testes mais sofisticados do que um médico local pode realizar. Ele vai monitorar as condições do bebê. E detectar possíveis problemas antes que eles acarretem danos fatais.

Garrick tinha de admitir, mesmo contrariado, que a sugestão fazia sentido.

— Isso tudo já não foi feito antes?

— Não com a mesma precisão que se pode obter agora. São quase três anos, Garrick. A ciência médica avançou muito nesse período.

— Bem... Não precisamos decidir isso agora, precisamos?

— Não imediatamente, suponho. Mas John sugeriu que eu procure esse médico o quanto antes. Eles vão conversar por telefone e John enviará todos os registros que podem ser úteis. Normalmente... — Ela hesitou, mas decidiu prosseguir. — Normalmente, neste estágio as consultas são mensais, mas John quer que eu vá ao médico duas vezes por mês.

Garrick fechou os olhos.

— Isso significa ir até Concord a cada duas semanas.

— Concord não é tão ruim assim. — Ele não respondeu.

— Além do mais, temos um bom tempo e a tendência é melhorar. A viagem não é tão longa. — Mas sabia que não era a viagem, o tempo ou qualquer outro contratempo relacionado à distância ou ao clima que o aborreciam. — Vai me levar à cidade de carro duas vezes por mês? — ela quis saber. Podia ir sozinha dirigindo o próprio carro, mas queria contar com a presença de Garrick. Precisava de seu apoio nesse momento.

Ele não respondeu de imediato. De fato, não respondeu. Em vez disso, virou-se e tomou-a nos braços. Leah pôde sentir naquele abraço todo o medo e a preocupação de Garrick, mas também sentiu com intensidade espantosa todo o amor que ele sentia por ela.

Garrick a levava a Concord duas vezes por mês, mas passava o dia todo tenso, e insistia em voltar diretamente para casa assim que a consulta terminava. Uma vez em território familiar, voltava a relaxar. Mas até mesmo essa tranquilidade começou a perder força quando a primavera se transformou em verão.

A vida era maravilhosa do lado de fora do chalé. Podiam trocar suéteres e capas de chuva por camisetas e shorts, e quase sempre, quando ia trabalhar na clareira, Garrick tinha o peito nu. Leah seria capaz de passar dias inteiros olhando para ele. O corpo suado e musculoso ganhava nova vida sob o sol, e os braços poderosos manejavam as ferramentas de jardinagem com maestria. A pele ganhava um novo tom bronzeado que contrastava com os cabelos, mais claros por conta da constante exposição ao sol.

Garrick passava horas cultivando os canteiros. Nesses períodos, Leah se sentava ao ar livre, à sombra, e tecia ou criava novos enigmas. Enviava regularmente as remessas para Nova York, e a existência de um telefone no chalé facilitava a comunicação com a sua editora. O enjoo e a fadiga que inicialmente haviam roubado sua energia desapareceram no final de junho; em julho, ela se sentia bem e começava a revelar sinais externos da gestação.

Estavam mais apaixonados do que nunca. Garrick a cobria de mimos, e ela fazia tudo que podia para tornar cada dia uma data especial, mas tinha um motivo egoísta também. Quanto mais se ocupava, mais se dedicava à felicidade e menos pensava na criança que crescia em seu ventre.

Não queria pensar nisso. Tinha medo de alimentar esperanças ou sonhos sobre algo que, talvez, jamais acontecesse. No meio de julho ela foi submetida a uma amniocentese. O bebê era saudável, mas ela não quis saber o sexo da criança.

Garrick também não quis saber se esperavam um menino ou uma menina. Havia momentos em que, trabalhando no solo, entalhando ou ouvindo a música de Leah, ele deixava a mente viajar. E nesses momentos tinha sentimentos ambivalentes com relação ao bebê. Sim, queria esse filho; mas também se ressentia com a sua presença, porque, no fundo, sabia que Leah iria partir. Ela nada dizia. Evitavam abordar esse assunto sobre o que aconteceria em agosto, quando ela atingiria a metade do período de gravidez. Mas ele sabia ler seus pensamentos. Podia ver a decisão estampada em cada gesto, na ruga que surgia eventualmente em sua testa, na maneira como baixava o olhar, e temia o dia em que teriam de falar sobre a sua decisão.

Mais que tudo, gostaria de poder parar o tempo. Teria Leah. Teria o bebê saudável dentro dela. Teria o sol de verão, a terra fértil, a beleza da montanha. Não queria mudanças; gostava das coisas como estavam. Sentia-se seguro, protegido e amado.

Mas não podia parar o tempo. O calor de cada dia transformava-se no frio da noite. O sol se punha; a escuridão caía.

O bebê dentro de Leah crescia e arredondava seu ventre. E quando Leah o procurou no meio de agosto, ele soube que a fase da satisfação incondicional chegava ao fim.

— Precisamos conversar — ela anunciou, sentando-se ao lado dele no balanço da varanda. Havia entrado para apanhar um suéter e proteger-se do ar gelado da montanha ao anoitecer, e agora o mantinha sobre os ombros, ocultando parte da camiseta. Uma camiseta de Garrick, já que as dela não podiam mais acomodar a barriga distendida e redonda.

— Eu sei.

— O dr. Walsh quer que eu me mantenha mais perto do hospital. — Ele assentiu.

— Você vem comigo?

Garrick olhava para a floresta, e continuou imóvel quando respondeu:

— Não posso.

— Pode, se quiser.

— Não posso.

— Por que não?

— Porque aqui é meu lar. Não posso mais ir viver na cidade.

— Pode, se quiser.

— Não.

— Não estou pedindo que se mude para lá definitivamente. Seriam apenas quatro meses, no máximo. O dr. Walsh está planejando uma cesariana para o meio de dezembro.

Garrick engoliu em seco.

— Estarei com você quando chegar a hora.

— Mas quero que esteja comigo agora.

— Não posso, Leah. Simplesmente... não posso.

Ela tentava entender, mas dispunha de pouco material para trabalhar.

— Por favor, Garrick, me explique... por quê?

Ele se levantou do balanço e caminhou até a balaustrada, onde ficou parado e de costas para ela.

— Há muito a ser feito por aqui. O outono é a estação em que há mais trabalho. No final de outubro temos o início da temporada de caça, e até lá tenho muitas coisas a fazer.

— Pode ficar comigo em Concord na metade do tempo, então. É melhor do que nada.

— Não entendo por que precisa ir morar lá. Posso levá-la ao hospital em pouco tempo, se houver alguma emergência. A Cherokee é potente e...

— Garrick, precisamos de duas horas para chegar lá. Nas duas gestações anteriores, os problemas surgiram depois de eu entrar em trabalho de parto. Essas duas horas podem ser cruciais.

— Temos um telefone. Podemos chamar uma ambulância... ou pedir escolta policial, se for necessário.

— Ambulância, polícia... Nenhum desses profissionais tem o conhecimento necessário para resolver complicações no parto.

— Tudo bem. Podemos ir para Concord em novembro, então. Por que em setembro?

— O dr. Walsh queria que eu fosse em agosto, mas eu adiei a mudança.

— Então adie por mais alguns meses.

— Você quer esse filho, Garrick?

— Que pergunta mais tola! Sabe que sim.
— E você me ama?
— É claro!
— Então, por que não pode fazer isso por mim... pelo bebê... por nós três?
— Você não entende...
— Acho que entendo, sim. — Ela se levantou do balanço e aproximou-se dele. — Está com medo. Teme as pessoas, a cidade, a possibilidade de ser reconhecido. Mas isso é ridículo, Garrick! Construiu uma nova vida, uma vida boa. Não tem do que sentir vergonha!
— Não, Leah. Passei dezessete anos da minha vida agindo como um canalha.
— Mas já pagou por isso e reconstruiu sua vida. Qual é o problema se alguém o reconhecer? Tem vergonha de quem é agora?
— Não!
— Por que não pode voltar ao mundo de cabeça erguida?
— Não tem nada a ver com orgulho. O que tenho agora é muito melhor do que tudo que já tive. Você é muito melhor do que todas as mulheres que conheci.
— Qual é o problema, então? O que o faz ficar tão nervoso cada vez que nos aproximamos da civilização? Acha que não percebo? Seus ombros ficam tensos. Você mantém a cabeça baixa. Evita travar contato visual com desconhecidos. Recusa-se a ir a restaurantes. Quer sempre sair o mais depressa possível de todos os lugares onde haja mais de meia dúzia de pessoas.
— Incomoda-se por não sair quando estamos na cidade?

— É claro que não! O que me incomoda é seu desconforto. Amo você, Garrick. Orgulho-me de você. Sofro quando o vejo encolhido pelos cantos como se... como se pudesse pisar numa armadilha.

— Sei tudo sobre armadilhas. Às vezes você só as vê quando é tarde demais. Quando já caiu nelas.

— Ah, mas há sempre o caso do coiote, que não se deixa prender duas vezes pela mesma armadilha.

— O coiote é um animal. Eu sou humano.

— Exatamente. É inteligente, bom, forte...

— Forte? De jeito nenhum. Passei 17 anos doente, Leah. Foi um vício. E uma coisa que um ex-viciado não faz é se aproximar da tentação. Não vou a restaurantes com bares porque teria de passar por todas aquelas garrafas para chegar a uma mesa. Não travo contato visual com gente que não conheço porque, se for reconhecido, verei nos olhos delas o desejo pelo astro. E não tenho televisão. Não vou ao cinema. E a última coisa que eu queria até você chegar aqui era sexo. Acho que nesse quesito sofri uma recaída.

— Não tem confiança em si mesmo — ela disse, compreendendo finalmente a extensão do medo que o assombrava.

— Exatamente. Não. Quando você apareceu aqui, pensei que fosse repórter. Quis me livrar de sua presença o mais rápido possível. E quer saber por quê? Se fosse mesmo repórter, especialmente uma jornalista tão linda e atraente, tentaria me entrevistar, e eu me sentiria muito importante. Começaria a pensar que já havia cumprido a penitência por ter estragado tudo, e talvez até chegasse a pensar em tentar novamente.

— Mas você não quer mais aquilo.

— Quando estou aqui, não quero. Quando penso racionalmente, não quero. Mas passei anos pensando irracionalmente. Quem pode garantir que não vou recomeçar agora?

— Não vai. Não depois de tudo que passou.

— É o que digo a mim mesmo, mas nunca consigo me convencer inteiramente. Não sei como vou reagir quando me deparar com a tentação.

— Não acha que é hora de fazer o teste, Garrick? Não pode passar o resto da vida fugindo, vivendo como uma sombra. Você tem sido feliz aqui. Aprendeu a amar a vida. Não seria bom pôr-se à prova e saber de uma vez por todas que é forte, como eu sei que é?

— Você me ama. Só enxerga minhas qualidades.

— Meus óculos não têm lentes cor-de-rosa, e mesmo que tivessem, esse seu comentário é tolo e absurdo. Eu amo você, realmente, mas já amei antes e aprendi a ser realista. Entrei nesse relacionamento com os olhos bem abertos e...

— De que adianta? Você é míope.

— Mas enxergo bem com o coração. Posso ver seus defeitos, e é bobagem pensar que alguém não os tem. Ter defeitos é algo intrínseco ao ser humano. Mas você já superou suas fraquezas e venceu a batalha. Por que não pode fazer um último esforço?

— Porque dessa vez posso fracassar, droga! Posso sucumbir diante da tentação, e aonde isso me levaria? O que seria de mim, de você e do bebê?

— Não vai acontecer.

— Está me oferecendo uma garantia irrevogável?

— A vida não oferece garantias.

— Tem razão.

— Mas agora você tem mais coisas a seu favor. Tem a vida que construiu e ama, tem a mim... Acha que vou ficar sentada assistindo enquanto você se torna vítima da armadilha da autodestruição? Não quero essa outra vida mais do que você a deseja. E não quero que você sofra. Amo você, Garrick. Isso não significa nada? — Ele segurou a mão dela. — Significa mais do que jamais poderá imaginar — disse.

— Então... venha comigo. Sei que estou pedindo muito, porque a mudança vai interferir na temporada de caça, mas você já disse que não precisa do dinheiro. Além do mais, essa é uma situação singular. Não vai se repetir todo ano. Talvez nunca mais se repita.

— Leah...

— Preciso de você.

— Talvez precise de alguma coisa que eu não tenho a oferecer.

— Você é um sobrevivente. Que homem seria corajoso o bastante para acolher uma mulher coberta de lama que poderia apunhalá-lo pelas costas, mesmo que fosse só com uma caneta?

Ele riu.

— Você era um pouco patética.

— Eu sei. Mas o que importa é que seu coração é generoso. Você é bom. Quer sempre o melhor. Para você, para mim, para o bebê. Pode fazer qualquer coisa, desde que decida fazê-la. Pode dar o que quiser a quem bem entender.

— Você fala como se fosse simples. Talvez pudesse mesmo realizar todas as façanhas se a tivesse a meu lado o tempo todo, cochichando como o Grilo Falante. Mas não posso. Não quero. Preciso contar apenas com meus próprios pés. E aqui eu consigo sobreviver contando apenas comigo.

— Você me pediu em casamento. Está dizendo que nunca sairíamos de férias? Nunca iríamos a nenhum lugar diferente?

— Se você se sente aborrecida aqui...

— Você sabe que não. Mas todo mundo precisa mudar de cenário de vez em quando. Suponha, apenas suponha que o bebê sobreviva...

— Ele vai sobreviver.

— Está vendo? É capaz de ser otimista, porque não conheceu o inferno que eu visitei duas vezes. Mas estou me dispondo a tentar novamente...

— Aconteceu. Não foi algo planejado.

— Eu poderia ter optado por um aborto.

— Não é o tipo de pessoa que faz opções dessa natureza.

— Você também não é o tipo de pessoa que desiste da vida quando acorda numa cama de hospital. E podia ter desistido, não é? Podia ter voltado a beber e usar todas as drogas que já havia experimentado, mas escolheu a vida. Arriscou-se a construir uma nova vida. Algumas pessoas não teriam coragem para isso, mas você teve. Estou pedindo apenas que dê mais um passo nessa mesma estrada. — Ela balançou a cabeça, soltando um suspiro frustrado. — Mas não era isso que eu queria dizer. Queria dizer que, se o bebê viver, se crescer e se tornar mais ativo e exigente, haverá momentos em que vou querer sair com meu marido para ir a algum lugar, só eu e ele. Talvez a algum lugar quente no inverno, ou a algum lugar fresco no verão. Talvez eu queira viver uma aventura... como ir visitar Madri, Pequim ou Cairo. Não teria nada a ver com não gostar daqui ou estar entediada, com não sentir amor por nosso filho ou não querer me dedicar mais a ele. Seria apenas um simples desejo de conhecer outras coisas e outros lugares. Você se negaria a ir comigo?

— Nunca pensei nisso.

— Talvez deva pensar, então.

— Antes de voltar a falar em casamento?

— Exatamente.

— Isso é um ultimato?

— Um ultimato? Eu? Usei a palavra dezenas de vezes nas minhas palavras cruzadas, mas não saberia como aplicá-la na vida real, se fosse necessário. Não é um ultimato. É só uma... sugestão de material para reflexão.

Garrick a encarou e viu lágrimas em seus olhos. Estava devastado, mas já dissera tudo.

— Amo você, Leah. Isso não vai mudar, esteja você aqui ou em Concord. Mas não posso ir. Agora não.

— Ainda não. Ainda tenho muitas coisas para resolver. Questões internas. Quero me casar com você, e isso também não vai mudar, mas talvez devamos mesmo passar algum tempo separados. Se estiver em Concord, sob a constante observação de Walsh, saberei que está sendo bem cuidada. Enquanto estiver lá, poderá pensar se sou ou não o tipo de homem que você quer em sua vida. Exceto por dois dias, estivemos juntos durante todas as horas dos últimos cinco meses.

Eu sentiria o mesmo por você se fossem cinquenta meses ou cinquenta anos. Mas tem de me aceitar como eu sou. Com ou sem o bebê, você tem o direito de ser feliz. Se minhas dificuldades vão impedir sua felicidade a longo prazo, então... talvez deva repensar sua decisão de viver a meu lado.

Leah não sabia o que dizer, o que não fazia diferença, porque tinha a garganta tão oprimida que não poderia mesmo pronunciar uma única palavra. Havia coisas que queria dizer, mas já as dissera, e nem assim conseguira fazer Garrick mudar de ideia. Nunca fora de choramingar ou fazer cobranças infantis, e recusava-se a começar agora. Por isso, ela simplesmente fechou os olhos e se deixou abraçar, armazenando na memória o cheiro e o calor do corpo de Garrick para se abastecer dessas lembranças no período solitário que teria pela frente.

Leah partiu no dia seguinte, enquanto Garrick estava fora, andando pela montanha. Depois de acomodar tudo que tinha dentro do automóvel, ela voltou ao chalé para escrever um bilhete breve.

"Querido Garrick, todos temos nossos momentos de covardia, e acho que esse é o meu. Sigo para Concord. Telefono hoje à noite para informar onde estarei instalada. Por favor, não fique zangado. Não estou preferindo o bebê a você, mas quero ter ambos. Disse que vai me amar onde quer que eu esteja, e estou contando com isso, porque sinto o mesmo por você. Mas quero ter a chance de amar nosso filho, e quero que você também tenha essa oportunidade. Por isso, preciso ir. Leah."

* * *

Embora não tivesse consulta marcada para aquele dia, Leah foi recebida pelo dr. Walsh logo depois de chegar ao consultório.

— Algum problema? — ele perguntou depois de cumprimentá-la.

— Não, eu... — Leah forçou um sorriso pálido. — Eu preciso de ajuda. Acabei de chegar. Minhas coisas ainda estão no carro e... receio não ter planejado essa mudança como deveria. Não tenho onde ficar. Sei que conhece bem essa região em torno do hospital, e esperava que pudesse me indicar algum imóvel, um apartamento talvez, ou um sobrado, qualquer coisa mobiliada que eu possa alugar.

— Veio sozinha?

— Sim.

— O que houve com Garrick?

— Ficou na montanha.

— Algum problema entre vocês?

— Não realmente. Ele simplesmente não sente que é capaz de... de ficar aqui por um período mais prolongado.

— E como você se sente em relação a isso?

— Bem.

— Mesmo?

— Acho que sim.

— Leah, as pessoas sempre presumem que meu trabalho é puramente físico. Examino mulheres grávidas, prescrevo vitaminas, faço partos... Mas há muito mais do que isso. A gravidez é um período de mudanças que traz à tona diversas questões emocionais. Do ponto de vista médico, uma futura mamãe mais relaxada é sempre mais saudável, e seu bebê também será mais saudável. Considerando seu histórico, você já teve preocupações demais. Tê-la perto do hospital me confere vantagens do ponto de vista prático, mas eu também esperava que você pudesse se livrar de alguns temores.

— Sim, eu sei. Por isso estou aqui.

— Mas sempre veio a todas as consultas com Garrick. É evidente que formam um casal muito unido e harmonioso. Sendo assim, presumo que não aprecie essa situação de distanciamento e separação, mesmo que seja apenas provisória. Portanto... gostaria que confiasse em mim e revelasse seus reais sentimentos.

— Eu confio...

— Então, por que não me conta exatamente o que sente sobre Garrick ter ficado na montanha?

Ela pensou por um instante e, quando falou, sua voz soou instável.

— Sinto... muitas coisas.

— Por exemplo?

— Tristeza. Sinto falta dele. Só nos separamos há algumas poucas horas, e já estou com saudade. Não só isso, mas imagino Garrick sozinho no chalé e sofro por ele. Sei que é estúpido. Ele decidiu ficar, e é um homem adulto, capaz de cuidar de si mesmo. Viveu sozinho naquele mesmo chalé por quatro anos antes de eu chegar. É perfeitamente capaz de cuidar das próprias necessidades. Mesmo assim, isso... me incomoda.

— Porque você o ama.

— Sim.

— E o que mais sente?

— Desânimo. Também já vivi sozinha. Cuidei de mim. Mas aqui estou eu, chorando na sua sala, sem saber onde vou passar a noite. Sinto-me... perturbada.

— Você está grávida. É natural que se sinta mais vulnerável.

— É isso. Vulnerabilidade.

— O que mais?

— Raiva. Ressentimento. Garrick tem seus motivos para decidir ficar, e estou me esforçando para entendê-los, mas nesse momento é muito difícil.

— Porque se sente sozinha?

— Sim.

— E talvez um pouco traída, também?

— Talvez. Mas não tenho o direito de me sentir assim. Garrick nunca prometeu que viria. Desde que o conheci, ele nunca prometeu nada que não pudesse cumprir.

— Mesmo assim, você pode se sentir traída. É normal.

— Foi ele quem quis se casar.

— E agora mudou de ideia?

— Não. Mesmo que fôssemos casados, ele não estaria aqui. Garrick tem certas... reservas. Não posso explicar.

— Pode, mas não quer, porque então o estaria traindo. Eu a respeito por isso, Leah. A propósito, não quero que pense que finjo ser psiquiatra. Tudo que faço é tentar ajudar sempre que posso. Vai manter contato com Garrick enquanto estiver aqui?

— Eu disse que ligaria hoje à noite. Se não ligar, ele vai ficar muito preocupado.

— Ele virá visitá-la?

— Não sei. Ele disse que viria para o parto.

— Bem, já é algo para você esperar. A raiva, o ressentimento, o sentimento de traição... tudo isso vai ter de ser esclarecido com Garrick. Tudo que posso dizer é que não deve negar esses sentimentos nem se sentir culpada por experimentá-los. Não estou criticando Garrick. Já ouvi sua versão da história, e não vou me dar ao trabalho de ficar imaginando ou tentando adivinhar qual é a dele.

— Imagino que ele também se sinta traído, porque escolhi vir para cá em vez de ficar com ele. Sinto-me culpada por isso, mas não tive escolha!

— Você fez o que tinha de fazer. Essa é sua justificativa, Leah. Não significa que tenha de gostar da situação. Mas, se decidisse voltar para casa e para os braços de Garrick agora, nesse momento, provavelmente estaria aqui de novo amanhã. Em seu coração, sente que está fazendo o melhor para o bebê. Estou correto?

— Sim.

— Então... quero que continue dizendo isso a si mesma. Quanto a estar sozinha e sem lugar para ficar, tenho a solução perfeita — ele anunciou, sorrindo. — Minha casa.

— Dr. Walsh!

— Não se precipite, mocinha! Minha esposa e eu viemos para cá quando nosso filho caçula concluiu a faculdade. Tivemos quatro, sabe? Todos estavam cuidando de suas vidas, vivendo fora de casa, e sentimos que havia chegado a hora de fazermos o mesmo. Gostávamos de Nova York, mas, aos poucos, tudo foi ficando mais difícil para Susan, minha esposa. Ela tem artrite degenerativa e está presa a uma cadeira de rodas.

— Ah... sinto muito!

— Eu também. Mas Susan lida bem com a doença. Nunca se queixou em Nova York, mas eu sabia que ela adoraria viver em um lugar onde pudesse se mover com mais liberdade. Por isso aceitei o convite para vir trabalhar aqui. Compramos uma casa a dez minutos do hospital. Em Nova York, estaríamos no centro da cidade. Aqui, nossa casa é silenciosa e tranquila, cercada por árvores e com lindos canteiros de flores. Há no terreno um apartamento onde antes ficava a garagem. É separado da casa. Pensamos que seria ideal para receber as visitas dos nossos filhos. Eles nos visitam com frequência, mas nunca passam mais do que uma noite aqui, e normalmente dormem no sofá da sala. Então... pode ficar com o apartamento, se quiser. Estará perto do hospital e longe do tráfego. E Susan vai amar sua companhia.

Leah estava perplexa.

— Eu não sei se tenho o direito de impor...

— Não vai impor nada. O apartamento é completamente desligado da casa, e sei que vai ter todo o conforto de que precisa. E privacidade também.

— Acha que é adequado um médico fazer tanto por uma paciente?

— Adequado? Leah, há outro motivo que me fez deixar Nova York. Estava farto da política interna dos grandes hospitais urbanos. Aqui faço o que quero, o que acho que é certo. Eu decido o que é adequado. E sim, acho que minha oferta é muito adequada, como acho que seria tolice sua recusá-la.

— Quero pagar o aluguel — ela disse. Depois fechou os olhos. — Na última vez que disse isso encontrei um imóvel destruído.

— Dessa vez o imóvel está inteiro e bem conservado, e você pode pagar o aluguel, se acha que isso a fará sentir-se melhor.

— Definitivamente — Leah decidiu, sorrindo. — Muito obrigada, dr. Walsh.

— Eu é que devo agradecer. Acabou de salvar meu dia.

— Eu?

— Quando consigo fazer uma paciente sorrir, particularmente uma jovem que entrou aqui deprimida e sombria como você entrou há pouco, sei que fiz algo de bom e certo.

— Pode apostar nisso, doutor.

Capítulo 9

O apartamento era tão perfeito quanto Walsh disse que seria. Com paredes dividindo o espaço em sala de estar, quarto e cozinha, parecia menor do que o chalé, mas era aconchegante. Os móveis eram de vime e, onde cabia, havia almofadas em tons claros de azul e branco, com cortinas combinando e conferindo um efeito alegre, mas relaxante. Leah tinha acesso livre ao quintal, que era exuberante e cheio de plantas variadas, despertando nela lembranças da floresta e fazendo com que se sentisse em casa.

Susan Walsh era uma inspiração. Otimista era uma palavra suave demais para descrever sua atitude perante a vida; sua disposição era tão contagiante que Leah sorria o tempo todo quando estavam juntas, o que era frequente.

Mas havia momentos solitários, momentos em que Leah se deitava na cama, à noite, e se sentia vazia, apesar da vida que crescia em seu ventre. Ou quando se sentava no quintal, tentando trabalhar sem conseguir concentrar-se por estar pensando em Garrick. Ele telefonava a cada dois ou três dias, mas a conversa era truncada, e quase sempre ela desligava o telefone sentindo-se pior do que nunca.

A desolação que experimentava a aturdia. Nunca se importara quando, em suas gestações anteriores, Richard partira em uma de suas inúmeras viagens de negócios. Tentava dizer a si mesma que a separação de Garrick era uma espécie de viagem de negócios, mas era inútil. Garrick não era Richard. Garrick encontrara em sua vida e em seu coração um lugar que Richard jamais conseguira sequer vislumbrar. Sentia falta de Garrick com uma paixão que teria julgado impossível seis meses antes.

Fisicamente, estava indo bem. Comparecia às consultas quinzenais com Gregory, e ele a submetia a exames cada vez mais minuciosos, sempre acompanhados por um teste qualquer. Não se importava com esses exames, porque os resultados a tranquilizavam, como era tranquilizador saber que o hospital estava bem próximo, caso sentisse alguma dor ou pressão que sugerisse problemas. Não sentia nada disso, nada além dos movimentos esporádicos do bebê, movimentos que iam se tornando mais fortes e mais frequentes com o passar das semanas.

Queria que Garrick também sentisse esses chutes e essa pressão. Queria que ele ouvisse o coração do bebê batendo, como ela podia ouvir. Mas sabia que não podia ter tudo. À sua maneira, fizera uma escolha. O problema agora era aprender a viver com ela.

Então, em uma manhã, pouco antes do amanhecer, quando já estava em Concord há quase um mês, ela acordou tomada por uma sensação desagradável. Sem abrir os olhos, tocou o próprio ventre. Tinha a pulsação acelerada, mas não conseguia identificar nada de errado. Nenhuma dor. Nenhum desconforto físico. Nenhuma contração prematura. Mal respirava, tentando entender o que a acordara. Foi então que dedos leves tocaram seu rosto. Ela abriu os olhos e gritou.

— Shhh... — Mãos firmes a seguraram pelos ombros.

— Sou eu. Só eu. — Leah não conseguia ver mais do que uma silhueta sem foco à luz cinzenta do amanhecer.

— Garrick? — perguntou, agarrando os pulsos firmes que a continham. Eram fortes como os de Garrick. E o cheiro... também era o de Garrick.

— Desculpe se a assustei — disse a voz grave que, definitivamente, era a de Garrick.

Ela se atirou em seus braços. Depois, sem poder acreditar que ele estava mesmo ali, ao lado de sua cama, recuou para fitá-lo. Não precisava de óculos nem de luz para distinguir cada um dos traços de que sentira tanta falta nas últimas semanas.

— Assustou-me? Você quase me matou de pavor! — ela exclamou com voz rouca. — O que... Por que... Garrick, a essa hora...?

Ele encolheu os ombros e sorriu, mas era um sorriso fraco, triste.

— Levei mais tempo do que imaginava para arrumar as malas.

— Malas. Está...?

— Mudando para cá? Pode apostar nisso. Achei que devia isso a você.

Chorando, ela se atirou em seus braços novamente e o apertou tanto que Garrick teve de subir na cama para não ser enforcado.

Não teria se incomodado se morresse nos braços de Leah.

— Minha vida tem sido uma eterna agonia, Leah. Sua presença arruinou o chalé para mim. Fiquei infeliz lá sem você. E aqueles telefonemas... ah, eram horríveis!

— Digo o mesmo. Concordo com tudo que disse.

— Você não estava no chalé. Não tem ideia de como ele ficou vazio.

— Sei como eu tenho estado vazia. Mas e quanto ao...? Bem, você estava tão decidido! Disse que não viria...

— Você resumiu tudo naquele bilhete que deixou ao partir. Covardia. Fiquei pensando nisso, ouvindo os ecos dessa palavra na minha cabeça, até que... não suportei mais. Não sei o que vai acontecer comigo aqui, mas tenho de correr o risco. Não há outra alternativa para mim. Estar com você é muito importante.

Com um gemido contido de gratidão ao céu, ela começou a beijá-lo. Beijou seu rosto, os olhos, o pescoço e o nariz. Quando alcançou a boca, ela já o livrava do suéter, arrancando-o com uma ansiedade que beirava o desespero. Garrick também a beijava e tocava com avidez, explorando regiões de seu corpo que haviam sofrido grandes modificações durante o período de separação.

— Eu quero você — ele murmurou. — Quero muito. Podemos...?

— Sim, mas...

— Quero fazer amor com você.

— Já está fazendo. Vir até aqui já é um ato de amor por mim — ela sussurrou, o hálito quente contra a pele dele. Estava beijando o peito forte, movendo-se de um músculo para outro, provando os mamilos. — Agora é minha vez.

Garrick não conseguia deixar de tocá-la, mas fechou os olhos para sentir as carícias com que tanto sonhara. Ele ergueu o quadril ao sentir que ela abria o zíper de sua calça, movendo as pernas para se livrar da roupa que restringia seus movimentos.

Leah o amou como jamais fizera antes. Seu apetite era voraz, e os gemidos de prazer que brotavam de sua garganta o incendiavam.

— Você me faz sentir tão amado — Garrick confessou, emocionado.

— Você é muito amado. Não havia percebido quanto tempo eu passei no chalé demonstrando esse amor... até chegar aqui e descobrir que não sabia mais o que fazer comigo, com meu tempo.

— Não imagina como eu a amo. Não tem ideia da intensidade desse amor.

— Acho que tenho, sim. Você está aqui, não está?

— Sim. E estou disposto a superar todas as dificuldades. Não vou sucumbir às tentações. Por você.

— Não. Por você.

— E por você.

— Tudo bem, por mim.

— E pelo bebê — ele disse, tocando seu ventre como se quisesse acariciar a criança dentro dele.

Leah deixou Garrick encontrar o próprio ritmo em Concord. Teria ficado feliz se ele simplesmente se sentasse ao lado dela no quintal ou no apartamento e a acompanhasse às consultas no hospital. Mas ele fez mais do que isso. Dias depois de sua chegada, ele já estava matriculado em vários cursos na universidade local. Leah sabia que as primeiras visitas ao local haviam sido uma verdadeira tortura, porque ele sempre voltava pálido e exausto. Mas Garrick persistiu, e com o passar do tempo foi se sentindo menos ameaçado.

De maneira semelhante, ele insistia em acompanhá-la em caminhadas diárias. Gregory havia recomendado o exercício e, embora houvessem começado com simples passeios pela vizinhança, a ansiedade de Leah e a crescente confiança de Garrick logo os levaram a cobrir distâncias maiores. Garrick sempre empurrava a cadeira de rodas de Susan, enquanto Leah ia com uma das mãos apoiada em seu braço; em algumas ocasiões, o casal ia sozinho.

— Como se sente? — Leah perguntou em uma dessas ocasiões.

— Bem.

— Nervoso?

— Não muito. Ninguém até agora deu indícios de ter me reconhecido. Ninguém olha para mim duas vezes. Se fosse um homem normal, acho que estaria ofendido.

— Você é um homem normal. Mas é inteligente também. Por isso não está ofendido. E na universidade? Algum problema por lá?

— Não. — Ele não falou sobre a ansiedade que sentira quando, durante um daqueles primeiros dias tão tensos no curso, passara cinco minutos do lado de fora de um bar, ardendo por um drinque, só um para se acalmar. Também não falou sobre os panfletos que vira espalhados pela universidade, todos anunciando produções dramáticas em fase de montagem. Também olhara para eles por muito tempo.

Mas estava com Leah, e estava indo bem, ela estava indo bem, e era isso que importava realmente.

O meio de outubro trouxe a queda das folhas. Garrick teria gostado de mostrar a Leah a beleza do espetáculo outonal da janela do chalé, mas não ousava fazer nem mesmo uma viagem de um dia à montanha. O bebê crescia e o corpo de Leah perdia a agilidade; em termos de conforto e segurança, sabia que era melhor para ela permanecer em Concord.

Novembro trouxe uma queda marcada nas temperaturas, e Garrick passou a insistir com mais veemência na necessidade de ele e Leah providenciarem os papéis do casamento. Também foi nessa época que Gregory ordenou que Leah permanecesse na cama. Ela ficou encantada com a ocorrência, porque assim teria de pôr um ponto final nas saídas com Garrick. E passaria a ter mais tempo para pensar no bebê.

Fizera todos os exames que uma grávida poderia fazer. Gregory realizara comparações detalhadas entre os resultados desses exames e as informações obtidas por intermédio de outros exames menos frequentes e menos detalhados realizados durante a sua última gravidez em Nova York. Todos os sinais eram bons, ele declarou.

O bebê parecia ser maior do que os anteriores, e sua pulsação era forte.

— Tal pai, tal filho — brincou Garrick.

— Ou filha — ela respondeu.

— Não importa. Desde que seja saudável... Desde que nascesse vivo...

Por mais que quisesse evitar esperanças que poderiam ser frustradas, Leah não conseguia deixar de pensar no bebê.

Qual seria o sexo, que nome dariam, se teria os olhos de Garrick ou os cabelos dela, se gostaria de ler... E, quanto mais sonhava acordada, mais nervosa ficava, porque o momento crítico se aproximava.

Garrick também estava nervoso, e só parte desse nervosismo se relacionava ao parto. Quando estava no campus, sentia-se cada vez mais atraído pelo edifício onde funcionava o pequeno teatro. Muitas vezes se limitava a ir até lá e olhar para o prédio. Então, um dia, com os punhos cerrados e as mãos nos bolsos da jaqueta, ele entrou.

Sentado em uma das muitas cadeiras vagas, Garrick olhou para o palco iluminado. Jamais atuara em peças clássicas, mas reconhecia Chekov. O cenário era distinto, como as falas. Inclinando-se para frente, ele apoiou o queixo em uma das mãos e ficou assistindo aos atores e atrizes que cumpriam seu papel.

Eles eram impressionantes. Não estavam formados ainda, mas caminhavam a passos largos para a realização. De vez em quando, eram interrompidos pela diretora, uma mulher cuja voz ele conseguia ouvir, embora não a visse. Os alunos eram atentos e ouviam em silêncio seus comentários, aplicando-se no esforço de seguir suas sugestões. Às vezes, conseguiam; outras, não. Mas tentavam.

Garrick se surpreendeu pensando no que teria acontecido se ele tivesse se esforçado daquela maneira. Se tivesse ouvido os diretores com mais atenção e respeito, se houvesse se matriculado em algum curso formal de interpretação, talvez tivesse conseguido se desenvolver a ponto de se tornar um ator de verdade. Jamais tentara. Não de verdade. Pagen aparecera do nada e o transformara em um astro, desobrigando-o de tentar.

Ao ver os jovens atores, imaginava se algum deles sonhava com o estrelato. Ou melhor, se algum não sonhava com isso. Ele se concentrou num jovem cuja voz não tinha muita força, mas cuja interpretação era um pouco mais convincente que a dos outros. O que ele iria fazer depois da faculdade? Iria para Nova York? Trabalharia fora da Broadway por um período? Chegaria algum dia a penetrar no seleto mundo da Broadway? Ou pensaria além e acima de tudo isso e seguiria para a costa, como ele fizera?

Garrick notou uma jovem de porte delicado e cabelos louros. A blusa fina deixava entrever os seios jovens e rígidos, e ela tinha pernas bem torneadas que exibia orgulhosa no short curto. Talvez mantivesse um romance com um dos colegas de curso. O bonitão que se mantinha na lateral do palco, quieto e observador? Se fosse ele, o romance não iria durar. Se ela obtivesse maior sucesso que ele na carreira, rapidamente o esqueceria e seguiria em frente. O que viria então? Astros da televisão? Diretores? Produtores?

O que ela pensaria se soubesse que Greg Reynolds estava sentado no fundo da plateia, observando-a? Bobagem! Ela era jovem demais. Não devia nem saber quem era Greg Reynolds. Além do mais, não era Greg Reynolds que estava ali sentado na penumbra do teatro. Era Garrick Rodenhiser, um desconhecido que queria continuar assim. Desconhecido.

Ele se levantou e saiu.

Mas voltou dias mais tarde e sentou-se na mesma cadeira para assistir a um ensaio que, beneficiado pela persistência e pelo trabalho duro desenvolvido naquele período, era muito mais refinado. Os melhores atores emergiam claramente, atraindo a atenção do diretor e beneficiando-se de suas instruções. Garrick não sabia o que estava fazendo ali. Por que voltava. Sabia que não precisava do nó em seu estômago, e sabia também que tinha muitas outras coisas para fazer, mas não conseguia sair daquele lugar. Finalmente, ele se moveu. Quando chegou ao exterior do prédio e sentiu o ar fresco, ele experimentou um distinto sentimento de alívio. Teatros eram ambientes sufocantes, decidiu.

Mesmo assim, ele voltou. Uma semana mais tarde, e ainda sem saber por quê. Mas estava ali. E dessa vez ficou até o ensaio terminar e os estudantes saírem um a um, passando por ele a caminho da porta. A diretora foi a última a sair e, ao contrário dos outros, que passavam por ele sem notá-lo, ela o encarou.

Era uma mulher bonita. Alta e esguia, ela era mais jovem do que imaginara vendo-a no palco. Devia ter menos de 30 anos, e talvez fosse assistente de algum professor ou aluna da graduação.

— Já vi você aqui antes — ela disse. Garrick continuava sentado.

— Sim, estive aqui algumas vezes.

— A peça será apresentada na semana que vem. Prefiro que venha assistir ao espetáculo com todos os outros.

— Os ensaios são mais interessantes. Neles podemos ver o que realmente acontece durante a fase de produção.

— É estudante de teatro?

Ele respirou fundo e se levantou.

— Não exatamente.

— Um conhecedor do assunto?

— Também não. E você?

— Sou aluna do curso de graduação. Sempre dirigimos produções dos alunos dos primeiros anos.

Ela continuou caminhando para a porta e Garrick a seguiu. Seu coração batia acelerado, mas as pernas não ouviam esse protesto.

— Encenar Chekov é uma empreitada ambiciosa.

— Não é esse o verdadeiro significado do estudo? O desafio?

Ele não respondeu. Nunca associara a representação ao estudo. Não em seu caso. Seu maior desafio havia sido superar os Nielsen a cada semana.

— Reúne grandes plateias com suas encenações?

— Às vezes sim; outras não. Essa provavelmente não terá um grande público, já que é mais séria e densa. Teremos alguns tipos clássicos da universidade, mas a população local se interessa por coisas mais leves. Mora aqui?

Garrick segurou a porta do teatro para que ela saísse.

— Por enquanto — respondeu do lado de fora.

— É afiliado à universidade?

— Estou fazendo alguns cursos.

Eles pararam no alto da escada de degraus de pedra.

— Estudando algo em especial?

— Latim. — Ela riu.

— Essa é boa! — Mas o riso morreu de repente. Uma ruga surgiu em sua testa e ela o encarou intrigada.

— Algum problema?

— Ah... não. Você me parece vagamente familiar. Acho que não conheço nenhum aluno do curso de latim. É seu primeiro ano aqui?

— Sim. — Estranho como se sentia corajoso, até ousado, apesar do suor que gelava suas mãos.

— É só estudante, ou já é um profissional em busca de especialização?

— Um pouco de cada.

— O que fazia antes de vir para cá?

— Trabalhava.

— Em quê?

— Trabalho mais ao norte daqui.

Ela o encarou novamente, ainda intrigada. Dessa vez os olhos estudavam sua barba.

— Desculpe se pareço insistente, mas você me parece mesmo familiar.

— Talvez eu seja apenas parecido com alguém — ele sugeriu, demonstrando uma calma que não combinava em nada com o tumulto que sacudia sua alma.

— Pode ser. Sim, é isso. Alguém já lhe disse que é muito parecido com Pagen?

— Pagen?

— Sim, aquele personagem da série de tevê. É uma série antiga, mas... O nome do ator era Greg Reynolds. Eu era uma adolescente quando Pagen teve seus anos de sucesso. Ele era um homem muito bonito. Desapareceu de cena rapidamente depois do final da série. Fico imaginando o que aconteceu com ele.

— Talvez ele tenha abandonado tudo para ir viver na floresta.

— Talvez. Tem certeza de que não é ele?

"É claro que não sou", Garrick poderia ter dito. Ou ainda: "Está brincando?" Ou "De jeito nenhum!" Em vez disso, e por razões que desconhecia, ele apenas encolheu os ombros.

— É você. — A jovem tinha no olhar a luz da compreensão. — Você é Greg Reynolds. Agora posso ver com clareza. O cabelo está diferente, e a barba, mas os olhos são os mesmos... e a boca. Mas não revelou sua identidade. Quer guardar segredo? É isso? Sua privacidade está segura comigo. Prometo. Não acredito nisso! Greg Reynolds! Como é a vida em Hollywood? Deve ter sido incrível fazer a série. Você era maravilhoso! Gostaria de estar lá por um dia... uma semana... um mês! E você esteve lá! O que fez depois daquilo? Já pensou em fazer alguma coisa aqui? Não pode ter se aposentado completamente dos palcos. Não depois de... tudo!

— Eu me aposentei.

— Não imaginava que havia uma celebridade entre nós. Ninguém sabia, ou a notícia teria se espalhado. Meus alunos adorariam conhecê-lo. Você seria uma inspiração.

— Acho que não.

— Talvez pudesse falar para o grupo de teatro. Sei que os outros alunos e todos os professores ficariam muito entusiasmados com isso. Tanto quanto eu.

— Obrigado, mas realmente não posso.

— Só para mim, então. Aceitaria almoçar comigo um dia? Não imagina como eu gostaria de ouvir sobre suas experiências. Elas dariam um livro fantástico! Já pensou em escrever sobre os anos em que vestiu a pele de Pagen?

— Não. — Ele se virou para partir. A jovem diretora o seguiu.

— E então? Um almoço? Ou prefere um jantar? Conheço um lugar fantástico e muito discreto. Ninguém saberia que estivemos lá...

— Não sou um homem livre.

A jovem parou, mas chamou-o ao perceber que ele se afastava.

— Sr. Reynolds? — Ele não respondeu. Não era o sr. Reynolds. Não mais.

Naquela noite, quando ele e Leah terminavam de comer o guisado que ele havia preparado, Garrick contou a ela sobre os eventos daquele dia.

— Contou a ela quem você é?

— Ela deduziu tudo, e não pude negar. Não tentei. Foi estranho, sabe? Acho que queria que ela soubesse, mas não consigo entender por quê. Sabe como me sinto sobre o meu anonimato. Por que agi assim?

— Não faço ideia. Sentiu alguma coisa... enquanto estava no teatro?

— Foi interessante. Os garotos são muito bons. Mas se acha que senti inveja deles... Não.

— Não sentiu o impulso de subir no palco?

— Não!

— Não sentiu falta das luzes?

— Não, Leah. Não senti falta nenhuma do palco. Contentei-me com a posição de espectador obscuro.

Ela nem tentou conter o suspiro aliviado.

— Ei, eu ouvi isso. Estava preocupada?
— Não quero que sinta saudade de nada daquele período sombrio. E a mulher?
— O que tem ela?
— Acha que de alguma forma, mesmo de maneira inconsciente, quis impressioná-la?
— Não. Ela era muito bonita, reconheço, mas não como você.
— Ela é atriz. Ou pretende ser.
— E daí? Que importância tem isso?
— É claro que é importante. Ela tem o mesmo tipo de vida que você teve. Uma pessoa assim não ficaria interessada em armadilhas, mas certamente se interessaria por um ator. Especialmente por um ator que já foi famoso e bem-sucedido.
— O que eu fazia é quase nada comparado ao que fazem as pessoas que encenam Chekov ou Shakespeare... Não, eu não estava tentando impressioná-la.
— Talvez tenha se cansado de esperar. Só isso.
— O que quer dizer?

Leah tentou encontrar um exemplo para ilustrar o conceito. O único em que conseguia pensar era o mais óbvio, e como era essa a ideia que dominava sua mente, ela decidiu usá-la.

— Houve momentos em que só quis que o bebê nascesse... de uma forma ou de outra. A espera, a preocupação, a incerteza... é tudo isso que nos consome. Mesmo que o pior aconteça, pelo menos eu saberei. E poderei voltar a viver.

— Leah...

— Desculpe, mas não consegui pensar em outro exemplo, e esse é bem ilustrativo. Presumo que, no seu caso, deve ser terrível andar por Concord esperando que alguém o reconheça, sem saber como vai reagir quando isso acontecer. Talvez tenha desejado apenas acabar com essa espera. Parte de você desejou que essa mulher o reconhecesse.

Garrick abriu a boca para protestar, mas fechou-a e refletiu por um instante antes de dizer:

— Talvez.

— Como se sentiu quando ela o identificou?

— Foi estranho. Senti um certo orgulho, mas também me senti como um impostor. Era distante... como se ela falasse sobre outra pessoa. Tive a sensação de estar em um jogo. Era como se deixasse aquela mulher acreditar que eu era Greg Reynolds, o *superstar*, quando sabia que não era essa pessoa.

— Ela despertou lembranças de como costumava ser com os fãs?

— Sim e não. Ela ficou toda agitada, com os olhos arregalados e a voz estridente, como uma fã típica, mas não gostei dessa reação como costumava apreciá-la no passado. Para dizer a verdade, eu detestei. Foi... repulsivo. Até me reconhecer, ela se comportava com dignidade e compostura. E de repente... Devo admitir que foi muito bom poder me afastar dela.

— Acha que ela ficou ofendida?

— Deus, espero que não! Com sorte, vai esquecer o assunto e decidir que sou uma fraude. Se ela começar a espalhar por aí que Greg Reynolds está na cidade, as coisas podem ficar um pouco estranhas por aqui.

— Ela não sabe quem você é. Não sabe qual é seu verdadeiro nome.

— Não, mas sabe que estou estudando latim. Não seria difícil me encontrar. Talvez eu falte às próximas duas aulas e fique aqui com você.

— Covarde.

— Não... Na verdade, quero mesmo passar mais tempo com você. Está chegando a hora.

— Faltam três semanas.

— Como se sente?

— Cansada.

— Emocionalmente?

— Cansada. Como disse antes, a espera está acabando comigo.

— Até agora tudo correu bem.

— Nas outras duas vezes também foi assim.

— Você nunca se submeteu a uma cesariana antes. O bebê não vai sofrer nenhum estresse.

— É o que espero.

— Vai dar tudo certo, amor. Você vai ver. Em um mês, estaremos com uma coisinha chorando e gritando em nossos braços.

— Foi o que disse a mim mesma quando completei oito meses nas outras duas gestações.

— Dessa vez é diferente. Agora você está esperando um filho meu.

— Por isso mesmo eu o quero tanto.

A semana seguinte foi tranquila para Leah, mas ela já esperava que fosse assim. Com exceção de quando estava comendo ou usando o banheiro, permanecia na cama. Não lia muito, porque era difícil se concentrar. Também não tecia muito porque, com o volume do ventre e a distância que tinha de manter do tear, a posição não era das mais confortáveis. Ouvia música, o que era cada vez melhor, agora que Garrick providenciava novas fitas que agradavam a ambos. Susan ia visitá-la sempre, normalmente quando Garrick estava na aula, o que sugeria uma atitude deliberada e combinada entre ambos.

Leah não se dedicava muito ao trabalho de criar palavras cruzadas, porque já se havia declarado em licença-maternidade. Mas trabalhava constantemente no enigma privado, o único que envolvia palavras relacionadas ao que ela passara a tratar com carinho como vida e tempo de Garrick e Leah. Era uma empreitada doce e ajudava a mantê-la ocupada.

A semana de Garrick não foi tão pacata assim. Ele voltou à escola sem perder nenhuma aula e, embora se sentisse tenso nos primeiros dois dias, não voltou a ver a mulher do teatro. No terceiro dia, quando já começava a relaxar novamente, ela o abordou na saída da sala de aula.

— Preciso falar com você um minuto, sr. Reynolds — disse em tom nervoso, acompanhando seus passos e demonstrando uma persistência que o irritava. — Quando sugeri que falasse para a turma de teatro, não estava brincando. Seria muito importante para nós se...

— Não tenho nada a dizer — ele a interrompeu sem deixar de andar.

— Como não? Viveu experiências com as quais todos sonhamos.

— Não sou quem você imagina.

— É. Depois da nossa conversa no teatro, fui até a biblioteca e examinei alguns documentos microfilmados. A última notícia que se teve de Greg Reynolds está relacionada a um acidente de automóvel. Todos os jornais publicaram fotos e artigos. Greg Reynolds sobreviveu, mas desapareceu. Com esse rosto e esse corpo, seria coincidência demais... E aprofundei as pesquisas. O verdadeiro nome de Greg Reynolds é Garrick Rodenhiser. Está matriculado aqui com seu verdadeiro nome.

Garrick parou para encará-la.

— Sou um cidadão que valoriza sua privacidade, srta...

— Schumacher. Liza Schumacher.

— Não dou palestras, srta. Schumacher.

— Liza. Podemos montar um pequeno grupo, se preferir.

— Prefiro que respeite minha privacidade.

— Podemos pagar...

— Não, obrigado. — Ele retomou a caminhada.

— Uma hora. Meia hora. É só o que estamos pedindo.

— Mas Garrick balançou a cabeça e seguiu em frente. Por sorte, ela não o seguiu. Mais uma vez, ele contou a Leah sobre o encontro. Mais uma vez, ela questionou seus sentimentos.

— Tem certeza de que não quer mesmo falar para o grupo?

— Falar? Está brincando?

— Bem, ela tem razão, de certa forma. Você teve mesmo o tipo de experiência que muitos deles desejam ter. Não é raro que profissionais proeminentes discursem para estudantes da mesma área.

— De que lado você está, afinal?

— Do seu. Sabe disso.

Ele se levantou da cama e foi até a janela do apartamento.

— Não quero falar... nem para estudantes, nem para outra categoria. Não dou tanta importância à experiência que tive, e detesto a ideia de confessar meus pecados publicamente.

— Há um lado positivo no que você fez.

— Hmmm... Deve haver, sim. Em algum lugar. Mas não consigo vê-lo. Acho que poderia ser personagem de uma boa história.

— Garrick?

Ele continuou olhando pela janela.

— Por que não dá essa palestra? De verdade?

Ele ficou em silêncio por vários minutos, mas sabia que Leah suspeitava da verdade. Restava saber se teria coragem de confirmá-la.

— Quer mesmo saber por quê? No fundo, tenho medo de gostar da sensação de poder, dos aplausos, da plateia... Se já me deixei seduzir por isso uma vez, por que não agora? Posso voltar a acreditar que sou aquele ser maravilhoso...

— Você é maravilhoso.

Ele se virou e sorriu. Depois voltou para a cama e se deitou ao lado de Leah, segurando a mão dela e levando-a aos lábios para um beijo terno.

— Você é a única pessoa que quero ouvir dizendo isso, porque é a única que me conhece de verdade. O verdadeiro eu. Nunca conversei com ninguém como falo com você. É melhor do que um analista, sabia?

Leah não sabia se gostava da ideia de ser uma analista, porque conhecer os pensamentos de outras pessoas implicava conhecer seus medos, e Garrick ainda tinha muitos. Acreditava que ele havia feito progressos desde que chegara a Concord e talvez, em alguma medida, isso fosse verdade. Mesmo assim, Garrick não confiava em si mesmo. E isso a amedrontava. Sabia que iria precisar de seu apoio e de sua força nas próximas semanas, e não queria que nada o abalasse nesse momento.

— Eu me contento em ser sua alma gêmea — ela disse, oferecendo os lábios para um beijo.

A repentina nevasca que se abateu sobre Concord na primeira semana de dezembro deixou Leah nervosa. As aulas de Garrick foram suspensas e ele ficou em casa com ela, mas Leah não conseguia deixar de pensar na possibilidade de entrar em trabalho de parto antes da hora, enquanto estavam presos pela neve acumulada lá fora. Nesse caso, tudo que haviam feito até ali teria sido em vão.

Na verdade, não estavam realmente presos. E nem ela entrou em trabalho de parto prematuro. Dia após dia, porém, sentia o bebê mais baixo, e com a data da cesárea marcada para o dia 15 de dezembro, restava agora saber se a natureza aceitaria esperar até lá.

Era difícil se despedir de Garrick todas as manhãs, quando ele ia para a aula. Estava fisicamente desconfortável e emocionalmente esgotada. Só conseguia relaxar quando o tinha a seu lado, quando sabia que ele assumiria o controle da situação em caso de emergência. Mesmo assim, ela o acompanhava até a porta todas as manhãs e sorria. Sentia que ele precisava disso.

No dia 11 de dezembro, ela se arrependeu por não ter sido mais egoísta.

Capítulo 10

Garrick saiu da aula e seguiu diretamente para o carro, mas ainda não havia aberto a porta quando ouviu um chamado em voz alta do outro lado do estacionamento.

— Sr. Reynolds!

Ele segurou a maçaneta com força. Só uma pessoa o chamaria dessa maneira, e a última coisa que queria era falar com ela agora. Queria ir para casa e ficar com Leah.

— Sr. Reynolds! Por favor! Espere!

Ele abriu a porta e pensou em entrar no veículo sem olhar para trás, acionar as travas e sair em alta velocidade. Mas não era um covarde. Não mais.

Com um braço apoiado no automóvel, ele se virou para a jovem que caminhava em sua direção.

— Sim, srta. Schumacher?

Ofegante em função da corrida, ela parou diante dele.

— Obrigada por esperar... Tentei chegar mais cedo... Minha aula começa mais tarde hoje.

— Estou atrasado. Deseja alguma coisa?

— Como não se sente confortável com a ideia da palestra, pensei em outra coisa. — Ela olhou para trás. Para desânimo de Garrick, um rapaz se aproximava com um ar determinado. — Darryl é colaborador do jornal da cidade. Pensei... Nós pensamos... Que seria maravilhoso ter um artigo...

— Pensei que tivesse se comprometido com o que chamou de nosso segredo...

— E me comprometi, mas depois comecei a pensar... — Ela ia recuperando o fôlego lentamente. — Não acho que seria justo agir de forma tão egoísta.

— Sobre o quê?

— Sobre ter conhecimento de sua identidade. Acho injusto guardar essa informação comigo se...

— Injusto com quem?

— Bem, com as pessoas que poderiam se interessar por sua história.

Garrick a encarou com firmeza e seriedade.

— E eu? Já tentou considerar o que eu considero justo e injusto?

A pergunta a tornou ainda mais atrevida.

— Você é um astro, sr. Reynolds. Isso não envolve certas responsabilidades?

— Não sou mais um astro. Agora sou um cidadão de vida privada. Tenho muitas responsabilidades, de fato, mas nenhuma com você ou com nossos colegas de universidade. Não tenho nenhuma responsabilidade com a turma do curso de teatro, com seus professores ou seus amigos. E o repórter em questão... é seu namorado? — Liza olhou para Darryl com evidente desconforto.

— Saímos algumas vezes, sim, mas isso não tem nenhuma relação com...

— São amantes?

— Isso não é da sua...

— Ela é boa? — Garrick perguntou a Darryl.

Liza ficou muito vermelha.

— Isso não é da sua conta. Não sei o que minha vida particular pode ter a ver com...

— Com a minha vida particular? — Garrick concluiu por ela. — Nada, srta. Schumacher. Minhas perguntas invadem sua privacidade tanto quanto as que você, ou Darryl, fariam. Já disse que não estou interessado em exposição pública. Isso vale para discursos, palestras, artigos de jornal e tudo que se relacionar a qualquer forma de mídia ou divulgação.

A expressão de Liza passou do constrangimento ao desânimo. No minuto de silêncio que se seguiu, ela saltou para a raiva.

— Os jornais que li tinham razão. Você é arrogante.

— Não muito — Garrick respondeu, surpreso com a sensação de paz que o invadia. — Estou apenas tentando explicar meus sentimentos. — De repente tudo se encaixava. A visão de quem era e do que queria da vida se tornava clara como cristal.

Liza ergueu os ombros.

— Não passa de um velho ultrapassado. Desapareceu do mundo do entretenimento porque não conseguiu outros papéis importantes depois de Pagen. E tem medo de falar para um grupo numeroso porque alguém pode saber disso. — Ela era alta, mas Garrick era maior. Erguendo a cabeça e endireitando os ombros, ele respirou fundo.

— Sabe de uma coisa, srta. Schumacher? Não me interessa o que você pensa. Não tem importância. O que importa é que não tenho medo de nada. Apenas... não estou interessado. E desisti dos palcos porque eles não acrescentavam nada de positivo à minha vida. Não quero mais ser ator. Nem diretor, nem nada que me ponha em evidência. Quero apenas ter uma vida quieta e discreta, uma vida que, hoje, é muito mais rica do que tudo que conheci no passado. Se quer mesmo um artigo, posso lhe dizer tudo que sei sobre armadilhas de animais, sobre latim ou entalhar madeira. Mas atuar não é mais para mim. Estou longe disso há quase cinco anos, e não sinto falta desse mundo.

— Não acredito.

— Lamento.

— Sente-se feliz sendo um... caçador?

— Essa é só uma das coisas que faço, e estou muito satisfeito com essa atividade.

— Mas a publicidade...

— Não significa nada para mim. Não preciso dela e não a quero. Lamento se não vai ter sua matéria para o jornal, mas não tenho mais nada a dizer.

— Sr. Rodenhiser? Sr. Rodenhiser!

Ele se virou alarmado na direção da voz que o chamava. Uma das secretárias da universidade corria em sua direção.

— Graças a Deus o encontrei! — ela exclamou, ofegante. — Acabamos de receber uma ligação de uma mulher chamada Susan Walsh. Ela disse que deve ir encontrar Leah no hospital.

— Meu Deus... — Ele entrou no carro e bateu a porta. Liza Schumacher e seu namorado, a secretária, a universidade, o jornal local... tudo deixara de ter importância nesse momento. Só conseguia pensar em Leah e no bebê. Garrick dirigia em alta velocidade, e minutos depois estacionou em uma vaga na frente do hospital. Na recepção, ele pediu para falar com Gregory e logo foi recebido pelo médico, que o acalmou com um sorriso confiante.

— A bolsa se rompeu, Garrick. Estamos preparando tudo para a cesárea. Venha, vamos nos desinfetar.

— Como ela está?

— Apavorada.

— E o bebê?

— Bem, até agora. Quero agir o mais depressa possível.

Garrick não fez mais perguntas. Estava ocupado demais rezando. Além do mais, sabia que Gregory não podia dar a resposta que ele mais queria ouvir. Só o tempo a traria, e tempo era precioso nessas circunstâncias.

Leah já estava na sala de parto e estendeu a mão para Garrick ao vê-lo entrar com o médico.

— Graças a Deus... — murmurou, emocionada.

— O que aconteceu?

— A bolsa... Eu estava deitada na cama, e ela se rompeu. Não fiz nada...

— Shhh... Você não fez nada de errado, Leah. Seguiu todas as recomendações médicas ao pé da letra. Como chegou aqui?

— Chamei Susan. Não fui estúpida? Devia ter ligado para Gregory, mas lembro-me de ter pensado que Susan estava mais perto e que era bom poder contar com um telefone, porque não poderia ter caminhado do apartamento até a casa.

— Foi uma decisão muito inteligente. Susan é sempre tão calma!

— Ela telefonou para Gregory, que mandou uma ambulância. Enquanto isso, fiquei ali sentada, tremendo...

— Tudo bem, meu amor. Tudo vai dar certo. Sente alguma dor?

— Não. Tive algumas contrações leves, mas a raquidiana fez efeito. Não sinto nada. Oh, meu Deus! Garrick, não sinto nada! Será que aconteceu alguma coisa?

Gregory sorriu do outro lado da mesa, já devidamente preparado para começar a cirurgia.

— O bebê está bem, Leah. Estamos monitorando os batimentos cardíacos e eles estão fortes e no ritmo ideal.

O anestesista se colocou à direita da cabeça de Leah, enquanto uma enfermeira apontava um banco atrás dela. Garrick se sentou.

— Meu Deus, que ele viva... — Leah murmurou.

— Vai viver — Garrick respondeu no mesmo tom, embora mantivesse os olhos fixos em Gregory. Sua preocupação era evidente.

— Estamos todos mantendo uma atitude positiva — o médico respondeu.

Não fazia promessas, mas parecia muito confiante, e isso era tudo que Leah podia esperar nesse momento.

— Garrick? — ela chamou.

— Sim, amor?

— Como foi hoje na aula?

Ele se surpreendeu com a pergunta. Não estava pensando na universidade. Não queria discutir os últimos eventos do campus ali, em uma sala de cirurgia, enquanto seu filho vinha ao mundo. Mas ele se esforçou para dar uma resposta razoável.

— Foi tudo bem. Acho que me saí bem na prova.

— Que bom.

— Obtive 97 por cento de acertos.

— Está brincando!

— Acha que eu ia brincar num momento como este?

— Dizem que os alunos mais velhos sempre têm melhor aproveitamento.

— E também obtive outra vitória hoje.

— É mesmo? Qual?

— Liza Schumacher.

Falavam em voz baixa, mas o tom urgente sugeria que algo muito importante estava por acontecer.

— O que houve com ela? — quis saber Leah.

— Liza Schumacher me abordou no estacionamento da universidade acompanhada por um jornalista.

— Um jornalista!

— Queriam uma entrevista.

— Oh, não!

— Eu disse que não estava interessado. E disse a verdade.

— Tentação...

— Não. Não é esse o ponto. Não me senti tentado. Só nao estou interessado no que eles têm a oferecer. Não há nada me ameaçando agora.

— Mas se ela já disse a um repórter quem você é...

— Não importa. Ela pode contar a dez repórteres e ainda assim não terá importância.

— E se o repórter escrever alguma coisa...

— Não importa. Ele pode escrever sobre como construí uma vida melhor. Não é o tipo de história que vai vender jornal, o que significa que não haverá continuidade. Uma só será suficiente. Ele vai perder o interesse. E outros repórteres desistirão de seguir essa mesma linha. E eu não vou me incomodar com isso.

— Fico feliz com isso, Garrick. — Ela respirou fundo.

— O que estão fazendo agora?

— O bebê está bem, Leah — Gregory respondeu do outro lado de um anteparo. — Continuem conversando. Estou muito interessado no assunto.

— Quero o bebê, Garrick — ela choramingou.

— Eu também, meu amor. Está sentindo alguma coisa?

— Não.

— Alguma dor?

— Não.

— Está quase acabando, Leah — Gregory anunciou. Leah respirou fundo.

— Quando... quando serão as provas finais? — ela perguntou a Garrick, tentando se distrair da angústia que ameaçava sufocá-la.

— Na semana que vem, mas não sei se vou me submeter às provas.

— Por que não? Depois de tanto empenho...

— Estou fazendo o curso por curiosidade apenas. Só para me ocupar e aprender algo novo.

— Então, faça os testes por curiosidade também.
— Isso não será divertido.
— Posso ajudá-lo a rever a matéria.
— Ah, isso vai ser divertido. Mas é possível que esteja ocupada com... — Um grito os interrompeu. Era um som agudo, breve... infantil! Garrick levantou a cabeça. O coração batia no peito como se fosse explodir. Leah não conseguia conter as lágrimas.
— Garrick? — ela ergueu a voz. — Gregory?
Outro grito soou na sala, dessa vez mais forte. A voz de Gregory se seguiu ao choro.
— Ah, ela é linda!
— Ela... — Leah chorava copiosamente.
Garrick estava se levantando do banco para examinar o pequeno volume nas mãos do médico. Um braço roliço se soltou dos dedos que o continham. Rindo por entre as lágrimas, ele olhou para Leah.
— Ela acenou para mim — disse.
— Está se mexendo?
— Veja você mesma — Gregory respondeu erguendo o bebê.
Leah a viu. Braços e pernas se debatendo ao som de um choro poderoso. Ela também chorava.
— Está viva... e é linda, Garrick... Viva!
— Estou vendo — ele conseguiu dizer antes de explodir num pranto descontrolado.
— Bem, o show acabou — decretou o pediatra que acompanhava todo o procedimento. Ele pegou a criança e a levou para os primeiros exames. — Desculpem, mas vou roubá-la por alguns minutos.

Leah abraçou Garrick e chorou. Ambos choraram de alegria e alívio.

— Amanda Beth. Lindo como ela — Leah dizia da cama, onde o médico a obrigara a ficar. Garrick estava sentado a seu lado.

O rosto dele era a imagem do orgulho.

— O pediatra disse que a menina é saudável e forte. Eles vão mantê-la em observação pelos próximos dias, mas o prognóstico é excelente.

— Três quilos e meio!

— Nada mal para uma prematura.

— Ah, Garrick, estou tão feliz!

— Conseguimos. Você conseguiu. Obrigado, Leah. Obrigado por ter me dado uma filha linda e por me devolver a autoconfiança. Obrigado por me amar.

— Eu é que tenho de agradecer, Garrick. Agora me sinto completa.

— Que bom! Porque teremos visitas em poucos minutos, e quero que se apresente em suas melhores condições.

— Quem vem nos visitar? Victoria?

— Não. Ela virá na semana que vem, porque insiste em ajudar quando formos para casa com o bebê.

— Ir para casa com o bebê... Nunca sonhei que diríamos essas palavras. Oh, Garrick! Não temos roupas, fraldas, berço... Não temos nada! — Depois de dois filhos perdidos e móveis e roupas doados, ela havia decidido esperar para tomar as providências necessárias. Superstição, sabia, mas...

— Fique tranquila. Eu vou comprar o berço amanhã. Victoria já está cuidando do restante.

— Victoria? Mas ela não pode... Quero dizer, pode, mas não é correto. Não podemos permitir...

— Lamento, meu bem, mas ninguém consegue deter Victoria. Ela já deve ter encomendado tudo por telefone. Disse que se sente responsável pelo bebê.

— E acho que devemos deixá-la com essa impressão. Seria crueldade interromper sua sessão de compras para obrigá-la a enfrentar alguns fatos da vida, não acha?

— Pode apostar nisso — ele riu.

Susan e Gregory entraram no quarto e interromperam a conversa.

— Ah, aí estão os nossos visitantes — disse Garrick. — E esse é o juiz Hopkins, Leah. Ele vai realizar o nosso casamento.

— Casamento? Mas... não posso me casar agora!

— Por que não?

— Porque... estou horrível! Meu cabelo está um horror, não tomei banho e...

— E está usando uma camisola branca.

— Uma camisola de hospital! Não me deixaram nem tomar banho ainda!

— Não tem problema — disse Susan, mostrando uma caixa que levava sobre os joelhos na cadeira de rodas. — Senhores, façam o favor de sair. E mandem uma enfermeira aqui para nos ajudar. Não vamos demorar, Andrew — ela disse ao juiz.

* * *

Leah se casou usando um conjunto de camisola e robe de seda branca, presente de Susan. Garrick, que ainda mantinha as roupas com que fora à aula naquela manhã, ficou em pé ao lado da cama, segurando a mão dela, enquanto o juiz realizava a breve cerimônia. Ao final, quando Gregory exibiu uma garrafa de champanhe, Leah olhou preocupada para o marido, que se abaixou para falar em seu ouvido:

— Não vai poder beber nada nas próximas horas, mas, quando estiver liberada, dividiremos uma taça de comemoração. Não preciso me sentir mais inebriado do que estou agora. Acho que nunca mais vou precisar de artifícios para me sentir feliz.

Cinco dias mais tarde, Garrick e Leah voltaram para casa levando Amanda Beth, uma menina forte e saudável que completava o cenário perfeito da família feliz.

Victoria, que estava hospedada na casa dos Walsh, estava absolutamente à vontade. Ela dava banho, trocava fraldas e vestia o bebê sem nenhuma dificuldade. Leah amamentava a filha com uma alegria que era ao mesmo tempo contagiante e emocionante.

— Não consigo mais imaginar a vida sem vocês, Leah. Você e Amanda deram sentido ao meu mundo. Quando penso na existência estéril que tinha antes... — Garrick balançou a cabeça.

— Esqueça. Superamos o passado, meu amor. Temos um presente maravilhoso e um futuro pelo qual podemos esperar com alegria.

Garrick decidiu trabalhar pelo diploma universitário que nunca tivera. Mesmo com o bebê, conseguia estudar e obter boas notas, pavimentando o caminho para a sua aceitação em Dartmouth, cujo departamento de línguas era excelente.

— Vai amar Hanover — ele disse a Leah certo dia. — O lugar é encantador.

— Eu sei que vou. Mas e você? Não vai sentir falta do chalé?

— Para dizer a verdade, não. Adorava a montanha e ainda gosto do clima de lá, mas agora minha vida é tão plena de significado que não sinto falta de nada. Vamos comprar uma casa em Hanover e usar o chalé na montanha como retiro de férias.

E foi exatamente o que fizeram. Garrick lecionava na universidade local, e nas férias a família ia visitar o chalé, desde que o clima permitisse.

Em junho, pouco antes de partirem para algumas semanas de férias, Garrick fez uma sugestão inesperada.

— O que acha de irmos a Nova York?

— Nova York? — ela se animou.

— Sim. Sei que odiou a última vez em que esteve lá...

— Estava grávida, cansada e preocupada, e você não estava comigo. Desta vez iremos juntos?

— Não tenho a menor intenção de me separar de você e Amanda, nem por um dia. Victoria implora por uma visita nossa há meses.

— Eu adoraria, Garrick, mas tem certeza...?

— Tenho. Talvez possamos ter algum tempo só para nós...

A visita a Nova York foi esclarecedora em muitos aspectos. Garrick descobriu que podia relaxar na metrópole, Leah se divertiu muito e constatou que estava pronta para voltar a desfrutar de alguns prazeres da vida, quando chegasse o momento.

E Victoria tinha notícias surpreendentes. Richard e a esposa haviam tido outro filho, o segundo... Mas o bebê nascera morto. Leah lamentava por eles, pois conhecia a dor de viver essa experiência, mas não podia deixar de sentir um certo alívio. A esposa de Richard fizera extensivas pesquisas e descobrira que o marido fora adotado ao nascer, mas rastreara tribunais e varas da infância até localizar seus pais biológicos, e por eles descobrira que a mortalidade infantil já havia sido documentada ao longo de duas gerações da família do pai dele.

— Nós nos preocupamos por nada — Leah suspirou.

Mas Garrick discordava dela.

— Não, meu amor. A preocupação pode ter sido desnecessária, mas não foi inútil. Se não tivesse se mudado para Concord, eu não teria enfrentado meus medos mais profundos. Estaria no chalé da montanha até hoje, escondido de mim mesmo e fugindo da felicidade. Pense em tudo que estaríamos deixando de viver...

Ela sabia que o marido estava certo. Garrick era agora um homem confiante que se amava e respeitava, alguém que dava valor à nova vida que construíra e nutria sua felicidade diariamente com pequenos gestos.

Leah reconhecia sua participação nessa façanha.

— Podemos ter outros filhos, Garrick!

— Sem nenhuma preocupação.

— Talvez quando Amanda tiver 2 anos...

— Dessa vez teremos um menino.

— E como vamos garantir esse detalhe?

— Existem meios... Li recentemente um artigo que dizia...

— Desde quando lê artigos sobre planejar o sexo de um bebê?

— Desde que o mundo se abriu para mim e voltei a sonhar.

Nos anos seguintes, Leah e Garrick sonhariam e realizariam muitos desses sonhos. Mas, durante aquele primeiro verão no chalé com Amanda, estavam felizes demais para fazer planos. O sol era quente, o ar era fresco, a floresta era tão magnífica e exuberante quanto antes.

Garrick trabalhava no jardim, sempre ouvindo os ruídos encantadores que Amanda fazia a seu lado. Leah estava sempre por perto, construindo palavras cruzadas para enviar para a sua editora em Nova York. O enigma do qual ela extraiu mais prazer, porém, foi aquele que retratava a vida e os tempos de Leah e Garrick. Agora havia Amanda para ser encaixada no diagrama, mas isso era algo simples de fazer.

— Ah! Agora sei por que quis dar a ela o nome de Amanda — Garrick brincou. — Três letras A. Precisa delas, não é?

— Demos a ela o nome de Amanda porque adoramos o nome, e ela também parece gostar muito dele.

— Ela adora qualquer nome, desde que seja seguido por sorvete de banana.

— Adoro sorvete de banana.

— Eu também. Mas gosto mais de você e de Amanda. Ei... — Ele estudou o diagrama. — Já viu isso aqui?

— O quê?

Amor. Já colocou amor nesse enigma?

— É claro que sim. Está em todos os lugares. Em cada adjetivo, em cada...

— Quatro letras. A-M-O-R.

— Está aqui.

— Onde? Não consigo encontrar.

— Olhe bem.

— Não.

— Olhe para cima.

— Não vejo nada.

— À direita.

— Não consigo... Ah, sim, agora vejo! Aqui está. Número 12 na transversal. A-M-O-R. Muito simples e direto. Minha palavra preferida.

Este livro foi composto na tipologia Minion Pro, em corpo 11/15,3
e impresso em papel Offset 56g/m² no Sistema Cameron
da Divisão Gráfica da Distribuidora Record.